Antonia Fraser
Maria Antonieta

Tradução de
Irene Daun e Lorena
Nuno Daun e Lorena

Leya, SA
Rua Cidade de Córdova, n.º 2
2610-038 Alfragide • Portugal

Reservados todos os direitos
de acordo com a legislação em vigor

© 2001, Antonia Fraser
© 2009, LeYa, SA

Capa: Panóplia®

Revisão: Clara Joana Vitorino
1.ª edição, Oceanos, Fevereiro de 2007
1.ª edição BIS: Julho de 2009
Paginação: Júlio de Carvalho, Artes Gráficas
Depósito legal n.º 293 821/09
Impressão e acabamento: Litografia Rosés, Barcelona, Espanha

ISBN: 978-989-660-029-7

http://bisleya.blogs.sapo.pt

I

No dia 2 de Novembro de 1755 a rainha-imperatriz, grávida do seu décimo quinto filho, esteve em trabalho de parto durante todo o dia. Como a experiência não era nova, Maria Teresa, rainha da Hungria por herança e imperatriz do Sacro Império Romano por casamento, que detestava perder tempo, continuou a despachar os seus assuntos de Estado. Finalmente, por volta das oito e meia da noite, nos seus aposentos do Palácio Hofburg de Viena, Maria Teresa deu à luz. Era uma rapariga. Ou, como descreveu no seu diário o camareiro-mor da corte: «Sua Majestade deu em boa hora à luz uma arquiduquesa pequena mas perfeitamente saudável.» Arrumado o assunto, Maria Teresa regressou ao trabalho, assinando papéis no próprio leito.

O anúncio foi feito por Francisco I. O imperador saiu do quarto da mulher depois dos habituais *Te Deum* e Bênção e dirigiu-se para a Sala dos Espelhos, ao lado, onde as damas e os cavalheiros da corte que tinham «direito de entrada» nos aposentos reais estavam à espera. Maria Teresa tinha acabado firmemente com a prática, desagradável para uma mãe em trabalho de parto, de os cortesãos e cortesãs estarem presentes no quarto. Talvez fosse por causa do pequeno tamanho do bebé, ou talvez fosse o efeito terapêutico de ter estado sempre a trabalhar ao longo do dia, mas o facto é que Maria Teresa nunca parecera tão bem depois de um parto.

A fase seguinte na vida do novo bebé era uma rotina. Foi entregue a uma ama-de-leite oficial. As grandes damas não amamentavam os seus filhos por uma razão: pensava-se que o aleitamento estragava a forma do peito, tão em evidência de acordo com as modas do século dezoito. Maria Teresa tinha trinta e oito anos e desde o seu casamento, quase vinte anos antes, dera à luz quatro arquiduques e dez arquiduque-sas (dos quais sete ainda eram vivos em 1755). A extraor-dinária taxa de sobrevivência da família imperial – pelos padrões da mortalidade infantil da época – significava que não havia grande pressão sobre a rainha-imperatriz para que gerasse um quinto filho homem.

O baptizado teve lugar ao meio-dia do dia 3 de Novem-bro (o sacramento era ministrado rapidamente na ausência da mãe, que ficava a recuperar da provação). Foram ordena-dos dois bailes de gala: o primeiro para o dia do baptizado e um outro, menos imponente, para o dia seguinte. Nos dias 5 e 6 de Novembro houve mais dois espectáculos gratuitos destinados ao público em geral e nesses dias o povo pôde entrar na cidade sem pagar qualquer taxa. Era um ritual perfeitamente estabelecido.

A criança em honra de quem foram dadas estas festas recebeu os nomes de Maria Antónia Josefa Joana. De facto, em família a nova criança seria chamada apenas Antoine. O diminutivo francês era significativo. A sociedade vienense era multilingue, mas o francês, reconhecido como a língua da civilização, era falado em todas as cortes da Europa. Maria Antonieta passou a ser rapidamente chamada de Antoine, tanto em família como publicamente, e até as suas cartas eram assinadas com este nome. Para os cortesãos, a últi-ma arquiduquesa seria conhecida como Madame Antoine; a história haveria de referir-se-lhe como Maria Antonieta.

Francisco Estêvão de Lorena passou a Maria Antonieta uma grande dose de sangue francês. A sua mãe, Isabel Car-lota de Orleães, fora uma princesa real de França e neta de Luís XIII. O seu irmão, o duque de Orleães, foi regente durante a infância de Luís XV. Quanto a Francisco, era importante para ele ter nascido um Lorena. Em 1729, data da morte do seu pai, passou a ser o duque hereditário da Lorena, um título que remontava aos tempos de Carlos Magno. Assim, Maria Antonieta foi criada a pensar em si própria como «da Lorena», assim como «da Áustria» e «da Hungria».

A época era de múltiplos casamentos entre as diversas casas reais. Maria Antonieta tinha o sangue dos Bourbons – o ramo de Orleães – e de Lorena por parte do pai. Do avô materno, o imperador Carlos VI, herdou o sangue dos Habsburgos, tanto austríacos como espanhóis. Estes dois ramos da família Habsburgo, em teoria separados no século dezasseis eram, de facto, o resultado de casamentos constantes, como dois grandes rios cujos afluentes se cruzam com tanta frequência que as suas águas ficam inextricavelmente misturadas.

Carlos VI, incapaz de produzir um filho varão, teve duas filhas, das quais a mais velha, Maria Teresa, foi transformada em sua herdeira. As suas tentativas para assegurar a herança da filha, subornando de facto outras potências para que respeitassem esta solução, ficaram conhecidas como a Sanção Pragmática. Porém, apesar de todos os seus esforços, a sua morte, em 1740, desencadeou uma nova luta dinástica, a Guerra da Sucessão austríaca, que durou oito anos. A Silésia foi imediatamente ocupada pelo rei prussiano: era a região mais próspera sob o domínio dos Habsburgos, e Maria Teresa, então com vinte e três anos, sentiu muito a sua perda. Parecia que a princesa estava condenada a presidir ao desmembramento do até então grande império dos Habsburgos, mas o facto é que, quinze anos mais tarde, aquando do nascimento de Maria Antonieta, Maria Teresa estava no auge do seu triunfo e era admirada em toda a Europa como «glória do seu sexo e modelo de reis». Apesar de todas as perdas na guerra, tinha segurado as suas possessões hereditárias. À parte a Áustria Superior e Inferior, estas incluíam a Boémia e a Morávia (agora a República Checa), a Hungria, cuja maior parte era constituída pela actual Roménia, uma parte da antiga Jugoslávia, assim como os Países Baixos austríacos (aproximadamente a Bélgica dos nossos dias) e os ducados de Milão e da Toscana em Itália. Entretanto, Francisco Estêvão, seu marido, era eleito imperador.

Em 1755, o país estava em paz e as recordações da Guerra da Sucessão esbatiam-se. A imperatriz não só era admirada no estrangeiro, como gozava de grande popularidade no país. De todos os filhos de Maria Teresa, Maria Antonieta foi a única que nasceu no zénite da glória da sua mãe.

* * *

Seis meses após o nascimento de Maria Antonieta, uma mudança radical nas alianças nacionais europeias levou ao fim desta aparente tranquilidade. Pelo Tratado de Versalhes, assinado a 1 de Maio de 1756, a Áustria juntou-se à França, sua inimiga tradicional, num pacto defensivo contra a Prússia. Se qualquer um dos dois países fosse atacado, o outro iria em seu socorro com um exército que seria de 24 mil homens. Nenhum outro acontecimento na infância de Maria Antonieta teve uma importância tão profunda como esta aliança, forjada enquanto ela ainda estava no berço.

A hostilidade da Áustria em relação à Prússia não é difícil de explicar: Maria Teresa não esquecera nem perdoara o roubo da Silésia, ocorrido durante a sua ascensão, e referia-se regularmente a Frederico II como «o animal maligno» e «o monstro».

Quando a vontade, ou antes, a necessidade de uma aliança se apresentou, as diversas personalidades desempenharam o seu papel. O rei francês, Luís XV, era a favor, ao passo que o seu único filho e herdeiro, o delfim Luís Fernando, a sua nora Maria Josefa (uma princesa da Saxónia) e o seu formidável batalhão de filhas crescidas ainda na corte eram resolutamente antiaustríacos.

A determinação da Áustria imperial era igualmente firme. Como Voltaire disse humoristicamente: algumas pessoas diziam que a união entre a França e a Áustria era uma monstruosidade antinatural, mas, como era necessária, passou a ser perfeitamente normal. No entanto, nem os corações nem as mentes dos dois países se deixaram conquistar. A Áustria e Maria Teresa continuaram a admirar a França como fonte de estilo e a falar francês. Ao mesmo tempo, o país era geralmente considerado frívolo, com pouco peso e incapaz de constância. Era um estereótipo desfavorável que não deixaria de impressionar qualquer criança – uma pequena arquiduquesa, por exemplo – nada e criada na corte austríaca.

A Europa estava a dividir-se em dois grupos poderosos, cujas rivalidades, tanto no Velho como no Novo Mundo, levariam em breve a uma guerra que duraria sete longos anos. Prússia, Inglaterra e Portugal aliaram-se à Áustria, à França, à Suécia e à Saxónia, aos quais se juntaria pouco depois a Rússia; a Espanha, a monarquia dos Bourbons aliada de França, também se envolveria pelo lado francês. Estes aliados começaram a expressar a sua futura cooperação através do meio habitual da época: os casamentos reais.

Assim, as décadas de 1740 e 1750 testemunharam o nascimento de uma pequena multidão de príncipes reais, tanto varões como fêmeas, no seio das famílias reinantes destes países. A Europa estava, positivamente, cheia de pequenos peões reais, prontos, assim parecia, a entrarem no grande jogo das alianças diplomáticas. Madame Antoine tinha o seu valor específico, não como pessoa, mas como peça no tabuleiro de xadrez da sua mãe.

* * *

Tal como muitas pessoas exiladas do cenário da sua infância, Maria Antonieta veria sempre os primeiros anos da sua vida como idílicos e é fácil perceber porquê. Os retratos familiares de que Maria Teresa tanto se orgulhava retratam, na verdade, um paraíso doméstico do qual qualquer pessoa se sente nostálgica numa fase mais tardia da vida.

Um retrato da família no dia de São Nicolau de 1762, pintado pela arquiduquesa Maria Cristina, uma festa durante a qual as crianças recebiam tradicionalmente presentes, retrata na perfeição o aconchego burguês da vida do casal imperial, algo impensável na corte de Versalhes. O imperador, à mesa do pequeno-almoço, está de roupão e chinelos e na cabeça, em vez da peruca, tem um barrete estilo turbante.

O vestido da imperatriz é extremamente simples e Maria Cristina parece mais uma criada do que uma arquiduquesa. O arquiduque Fernando está aparentemente preocupado com o seu presente, ao passo que o pequeno Max, sentado no chão com os seus brinquedos, está deliciado. Uma sorridente Madame Antoine ergue no ar uma boneca para indicar que tinha acabado de a receber; com sete anos, parece ela própria uma boneca.

Esta infância aparentemente perfeita tinha por cenário três castelos. O de Hofburg, imponente e vasto, onde Antoine tinha nascido, era utilizado nos meses de Inverno e ficava no centro da capital. A cerca de sete quilómetros apenas, porém, ficava o mágico palácio de Schönbrunn. Esta enorme residência era tão grande e tão esplendorosa como a maioria dos palácios da Europa, ao mesmo tempo que gozava de uma moldura pastoril. A família mudava-se geralmente para lá depois da Páscoa. Os seus belos jardins confinavam com um parque e uma floresta que se estendia a perder de vista. Aquando do nascimento de Madame Antoine, Maria Teresa fez melhoramentos substanciais na residência dos seus antepassados. O palácio preferido da imperatriz era o de Laxenburg, um palácio rococó, encantador, a cerca de quinze quilómetros a sul de Viena, na direcção da Hungria, na orla de uma pequena cidade muito bonita e rodeado de bosques espessos, ideais para a caça. Nesta residência não havia espaço para as vastas multidões de cortesãos que se pensava serem essenciais para a dignidade imperial em Schönbrunn e em Hofburg e até os grandes funcionários tinham de se instalar na cidade.

Dizia-se que a própria imperatriz, apesar de sempre preocupada com os assuntos de Estado, estava geralmente de bom humor quando permanecia em Laxenburg. As estadas neste castelo eram, de facto, olhadas como férias familiares. Não admira que, de todos os cenários da infância de Antoine, Laxenburg seja o que lhe provocava mais nostalgia. Não só tinha a companhia de uma mãe carinhosa, como os arquiduques e as arquiduquesas gozavam de uma certa liberdade pessoal.

Nos primeiros anos do século seguinte, a imperatriz Maria Luísa, sobrinha-neta de Maria Antonieta, ficaria surpreendida pela semelhança entre Laxenburg e o Petit Trianon em Versalhes. Laxenburg apresentava a mesma imagem de beatitude rústica, um paraíso que poderia, um dia, ser recriado.

As festividades, tanto no exterior como no interior, pontuavam as vidas da família imperial. Os rigorosos Invernos austríacos ofereciam oportunidades sem par para passeios de trenó. Um viajante evocou uma visão encantadora da arquiduquesa vestida de veludo debruado a peles e diamantes, deslizando num trenó dourado em forma de cisne.

As festas da corte em teatros, grandes e pequenos, eram dominadas pelo gosto da família imperial e da aristocracia pela música. No caso de Madame Antoine, a música desempenhava um papel central na sua vida. Em 1759, pouco depois do seu quarto aniversário, Antoine cantou «uma canção francesa de *vaudeville*» nas comemorações do dia do santo do seu pai – São Francisco – enquanto os seus irmãos e irmãs mais velhos cantaram árias italianas.

No dia 13 de Outubro de 1762 o «menino de Salzburgo» – Wolfgang Amadeus Mozart – com o pai e a irmã, Nannerl, foi recebido em Schönbrunn. O veredicto foi de que o pequeno tocava cravo «maravilhosamente» bem, tendo sido recompensado com uma dádiva de 100 ducados e um conjunto que tinha pertencido ao arquiduque Max, um casaco lilás e um colete de *moiré*, tudo bordado a ouro.

Talvez não seja verdade que o jovem Mozart se atirou à jovem Maria Antonieta, declarando que casaria com ela quando fosse grande (o que teria, certamente, alterado o curso da história). Provavelmente não é verdade, mas a sua impetuosidade era conhecida. Antoine estava presente quando ele correu para a imperatriz e se lhe sentou no colo, recebendo um beijo em troca. Pouco depois, Mozart foi a França, onde a marquesa de Pompadour foi menos acolhedora. «Quem é esta, que não me dá um beijo?», perguntou o «pequeno Orfeu», referindo-se à arrogante amante do rei. «A imperatriz beijou-me.»

À medida que cresciam, grande parte da educação das arquiduquesas centrava-se na necessidade de aparecer e representar com graciosidade em eventos da corte. Entre os seus professores incluíam-se Gluck, Wagenseil e Johann Adolph Hasse, que dedicaram um livro a Maria Antonieta. Mais tarde, a arquiduquesa seria descrita como capaz de ler música como uma profissional e tomar parte em pequenos concertos agradáveis com os seus amigos. A harpa era o seu instrumento preferido e, sob a orientação do talentoso executante Joseph Hinner, faria progressos consideráveis.

Entre todas as artes, porém, a dança era aquela em que Maria Antonieta mais se distinguia. A graça muito particular dos seus movimentos, incluindo o porte distinto da sua cabeça, tornar-se-ia a sua principal característica, comentada por todos os observadores, quer de forma simpática ou hostil.

Para além desta necessidade de representar, a outra ênfase na educação das raparigas era colocada na docilidade e na obediência. O texto mais utilizado, crucial, era *Les Aventures de Télémaque*, de Fénelon, que sublinhava a importância, para o sexo feminino, do trabalho e da destreza, mas também da modéstia e submissão. Maria Teresa fazia questão de uma obediência total e inequívoca por parte das filhas. «Nasceram para obedecer e devem aprender a fazê-lo o mais cedo possível», declarou ela um ano após o nascimento de Antoine.

Era verdade que a imperatriz exibia uma deferência de esposa perante o imperador seu marido. Por outro lado, porém, era ela que trabalhava dia e noite para resolver os assuntos de Estado, enquanto ele partia alegremente para a caça. Não era Francisco I que maravilhava a Europa com a sua força e capacidade de decisão, era Maria Teresa. Na verdade, a imperatriz representava um modelo complicado para as suas filhas.

Por um lado, a posição de Madame Antoine na família era marcada pela distância; o arquiduque José tinha quase quinze anos, idade suficiente para ser seu pai pelos padrões reais da época. Por outro, pela proximidade; entalada entre um irmão dezoito meses mais velho e outro treze mais novo, a dose de atenção maternal em bebé não deve ter sido grande. Em todo o caso, Maria Teresa, perto dos quarenta anos, já não era a mãe jovem e feliz que recebera em êxtase o nascimento de José, o herdeiro. De facto, as suas energias estavam inteiramente viradas para os assuntos de Estado e o período tranquilo durante o qual Antoine tinha sido concebida e tinha nascido acabara. A partir de finais de 1756 e até à Paz de Paris, em Fevereiro de 1763 – os anos de infância de Antoine –, a Áustria esteve em guerra com a Prússia e a Inglaterra e Maria Teresa esteve sempre ao leme. A Guerra dos Sete Anos não foi uma época de serenidade para a imperatriz.

No entanto, apesar de andar sempre preocupada, Maria Teresa era a figura central da vida dos seus filhos, e por cujo amor – a par de uma grande dose de respeito – estes ansiavam, apesar de, no caso dos mais novos, uma forte dose de receio e temor se misturar a estes sentimentos.

* * *

O casamento de José com Isabella de Parma, com o qual se pretendia solidificar a ligação da Áustria com a França do seu avô Luís XV, não durou, de facto, muito tempo. Em 1763, Isabella morreu ao dar à luz uma filha. Com o coração despedaçado, José colocou a questão de um segundo casamento, essencial para a produção de um herdeiro imperial, nas mãos dos seus pais. A escolha recaiu numa prima em segundo grau, Josefa da Baviera.

O casamento, nos finais de Janeiro de 1765, foi celebrado com a magnificência adequada. Gluck compôs uma opereta para a ocasião, *Il Parnaso Confuso*, que foi interpretada pelas crianças imperiais. O bailado que a acompanhava foi dançado pelos mais novos. Um quadro de Mytens mostra Fernando e Antoine como pastor e pastora, ao mesmo tempo que Max, com asas e tudo, representa Cupido. Antoine está elegantemente equilibrada, com o seu famoso porte já em evidência e com os braços bem afastados. O seu rosto também é instantaneamente reconhecível, não tanto pelo característico nariz comprido, que está representado no quadro, mas pela testa significativamente alta. Antoine gostava muito deste quadro de Mytens e mais tarde recebeu-o, deliciada, para ornamentar o seu refúgio pessoal.

Seis meses mais tarde, a requintada beatitude familiar condensada neste quadro desvaneceu-se por completo. O imperador e a imperatriz estavam de partida para Innsbruck, onde se ia celebrar o casamento do seu segundo filho, o arquiduque Leopoldo, com a filha do rei de Espanha. No último momento, Francisco I fez uma pausa e, obedecendo a um estranho impulso, voltou atrás para abraçar mais uma vez Antoine, que tinha na altura nove anos. O imperador pegou nela ao colo e beijou-a vezes sem conta. Antoine reparou, surpreendida, que ele tinha lágrimas nos olhos. A separação estava a provocar-lhe grande sofrimento. Vinte e cinco anos mais tarde, ela ainda se recordava dolorosamente do incidente, acreditando que Francisco I tivera um pressentimento da grande infelicidade que a esperava. Foi a última vez que Madame Antoine viu o pai.

No dia 18 de Agosto de 1765, em Innsbruck, o imperador teve um ataque de coração e morreu. A imperatriz ficou completamente destroçada. Como símbolo da sua dor, cortou os cabelos de que tanto se orgulhava, cobriu os seus alojamentos de veludos escuros e vestiu-se unicamente de negro o resto da vida. A forte e jovem mãe, que uma vez dissera alegremente ser capaz de ir para o campo de batalha se não estivesse permanentemente grávida, transformou-se numa figura cruelmente trágica. Tudo nela passou a ser «escuro e lúgubre». Já de si distante em relação aos filhos mais novos, Maria Teresa passou a mostrar uma reprovação generalizada face ao comportamento deles. Isto tinha as suas raízes, evidentemente, na sua infelicidade pessoal, mas constituía no entanto uma censura permanente a todos aqueles que ainda podiam gozar os prazeres da vida.

* * *

A imperatriz enlutada passou a partilhar o poder – já que parte dele só podia ser exercido por um varão – com o seu filho de vinte e quatro anos, que foi eleito imperador (como José II) em substituição do pai. Porém, não permitiu que nada, nem o luto, nem a promoção de José, interrompesse a sua perseverante política de planear os casamentos dos filhos.

No princípio de 1767, a imperatriz ficou com cinco filhas nos braços. «A encantadora Isabel» tinha vinte e três anos, Amália quase vinte e um e Josefa, outra beldade, tinha dezasseis. Depois, Carlota, que faria quinze em Agosto e Antoine, que ia nos doze e que, consequentemente, ainda não tinha peso no jogo imperial (embora fosse vagamente mencionada em relação com os príncipes franceses da sua idade).

Os dois Fernandos – o de Parma e o de Nápoles, ambos nascidos em 1751 – eram troféus que Maria Teresa estava decidida a obter, não tanto pelas suas filhas – cujo interesse próprio não estava em causa, mas pelas alianças que simbolizariam.

Então aconteceu uma série de desastres, fazendo de 1767 o *annus horribilis* de Maria Teresa. A segunda mulher de José, infeliz e mal-amada, morreu de varíola no fim do mês de Maio e foi sepultada, como era costume, num túmulo na cripta imperial dos Habsburgos. Depois, foi a própria Maria Teresa a apanhar varíola e também quase morreu, chegando a receber os Últimos Sacramentos. A Europa tremeu com estas notícias, enquanto a sua família ficou em estado de choque.

O desastre seguinte foi, de facto, indirectamente provocado pela própria Maria Teresa. Logo que recuperou da doença, insistiu para que a sua filha, a arquiduquesa Josefa, que estava prestes a iniciar a sua longa viagem nupcial para Nápoles, fosse com ela rezar à cripta imperial. Porém, a sepultura da mulher de José não estava devidamente selada. Ao mesmo tempo que as celebrações matrimoniais antecipadas se desenrolavam em Viena, a arquiduquesa apanhou varíola e morreu. Foi uma morte terrível, que deixou uma impressão permanente na sua irmã mais nova. Antoine lembrava-se de Josefa pegar nela ao colo e de lhe dizer, com um pressentimento, que ia deixá-la para sempre – não para o reino de Nápoles, mas para a cripta da família.

Mas não foi tudo. A varíola caiu sobre as casas reais da Europa como um espectro com a sua foice. Antoine teve sorte, apanhou uma versão ligeira da doença aos dois anos. Tendo recuperado por completo e ficado apenas com algumas marcas praticamente invisíveis, ficou imune à doença. Por vezes, porém, a foice feria, não chegava a matar. A arquiduquesa Isabel também apanhou a doença e sobreviveu, mas a sua beleza ficou totalmente destruída. Como consequência, ficou imediata e cruelmente afastada do mercado matrimonial europeu.

O problema imediato foi arranjar uma noiva para o rei Fernando de Nápoles, que esperava a chegada rápida de uma jovem esposa. Maria Teresa entrou em acção uma vez mais. Numa carta endereçada ao pai deste um mês após a morte de Josefa, a imperatriz mãe gabava o seu rebanho: «Concedo-vos, com o maior dos prazeres, uma das filhas que me restam para compensar a perda… Tenho duas que devem servir. Uma é a arquiduquesa Amália, que dizem ter um belo rosto e cuja saúde pode permitir uma numerosa prole, e a outra é a arquiduquesa Carlota que, para além de também ser saudável, é um ano e sete meses mais nova que o rei de Nápoles.» A escolhida foi Carlota e o seu novo nome, Maria Carolina, substituiu simplesmente o de Josefa no tratado de casamento que já tinha sido redigido. Como consequência, Amália passava a estar disponível para o neto de Luís XV, Fernando de Parma.

No dia 2 de Novembro de 1767 – dia do décimo segundo aniversário de Antoine –, a morte e a doença tinham roubado a Maria Teresa todas as outras arquiduquesas disponíveis. O desaparecimento de Carlota em direcção a Nápoles significava que estava fora de questão arranjar-lhe um possível casamento com o futuro rei de França. As possíveis consequências de uma união da autoritária e sensual Maria Carolina com o futuro Luís XVI, em vez da doce Maria

Antonieta, ficarão para sempre no domínio da especulação histórica. Assim, foi a queda rápida de uma série de peças de dominó que fez com que Antoine atraísse a atenção da sua mãe. Pela primeira vez, a imperatriz contemplava o material que ainda tinha para entregar sob a forma da filha de quinze anos. Verdade se diga que, sob muitos aspectos, a achou muito pouco prometedora.

* * *

Para o olhar crítico da imperatriz, o aspecto era satisfatório e o que não lhe agradava podia ser facilmente reparado. Os dentes, por exemplo, via-se que estavam em mau estado e eram tortos, mas os aparelhos de arame para os endireitar começavam a ser usados, um sistema chamado «pelicano». Três meses de tratamento deram a Antoine os dentes direitos bem espaçados. Os seus olhos grandes e bem afastados, de um subtil azul-acinzentado, eram ligeiramente míopes. Porém, o consequente olhar vago era algo atraente e quanto ao resto podiam entrar em cena as *lorgnettes*; muitas vezes, os leques incluíam-nas elegantemente.

A seu favor tinha os cabelos louros: levemente acinzentados, fazendo sobressair o seu tom de pele branco e rosado, tão espessos como tinham sido os da sua mãe. Por outro lado, a sua implantação era algo irregular. Juntamente com a testa alta, uma característica dos senhores da Lorena e que era considerada fora de moda pelos ditames da época, causava dificuldades. O pescoço esguio era uma vantagem, mas o nariz era ligeiramente aquilino; felizmente os narizes pequenos não estavam na moda. O de Antoine podia ser descrito como distinto, próprio de uma arquiduquesa – ou de uma rainha.

No entanto, não havia nada a fazer em relação ao famoso lábio dos Habsburgos, o lábio inferior saliente em todos os retratos ao longo dos séculos. O efeito, numa rapariga, era o de um ligeiro amuo, mas numa mulher era sinal de uma atitude mais desdenhosa. Foi algo que Maria Antonieta acabou por aceitar; aquele altivo *hochnäsig* (literalmente nariz empinado) que ela sabia não corresponder, de todo, ao seu carácter.

Apesar destes defeitos menores, o aspecto geral era muito sedutor. Madame Antoine tinha «um sorriso capaz de conquistar qualquer coração», e esse sorriso era indicativo do seu desejo de agradar. O seu tutor francês, o abade Vermond, escreveu que «é fácil encontrar rostos mais bonitos, mas não creio que seja possível encontrar um que seja mais encantador». Quanto a Maria Teresa, que não era dada a lisonjas quando estavam em causa assuntos de Estado – como era agora o caso do carácter e da aparência de Antoine –, comentou que a sua filha tinha o dom de conquistar as pessoas devido, acima de tudo, à sua «afabilidade». Madame Antoine não deixaria – ou deixaria? – de inspirar amor no seio do casamento.

O problema era que aquela criaturinha afável conseguira, segundo parecia, evitar, mais ou menos, a desagradável experiência da educação para além das artes da dança e da música, que contribuíam para a sua aura geral de encanto. A irritante inconveniência desta descoberta, considerando o augusto destino que a imperatriz reservava a Antoine, teria, até, uma certa graça – se não pensarmos nas consequências que a sua juvenil iliteracia teria para Maria Antonieta ao longo da vida.

A sua preceptora, a condessa Brandeis, era uma mulher pouco inteligente e muito bondosa que esbanjava afecto pela pequena Antoine, ao ponto de negligenciar qualquer tipo de instrução séria. Quando, periodicamente, a imperatriz exigia ver os trabalhos da filha, era muito mais fácil fazer com que Antoine copiasse algo escrito pela própria preceptora do que ensinar a jovem a fazê-lo ela própria! Provavelmente, até os desenhos atribuídos à arquiduquesa deviam alguma coisa à bondade da condessa.

Em 1768, a «muito querida Brandeis» foi substituída pela condessa Lerchenfeld, mais esperta e também mais severa, que tinha sido camareira-mor das arquiduquesas mais velhas. Inevitavelmente, Antoine não gostou dela e continuou a chorar pela antiga preceptora. Esta combinação de começo tardio e aversão pessoal pela professora não contribuíram muito para o estado da sua educação.

O padrão de instrução das princesas no século dezoito não era particularmente elevado. No entanto, apesar de a pouca capacidade de Antoine para escrever dever ser vista neste contexto, estava bem abaixo das normas aceitáveis. A leitura e a sua falta de capacidade a este respeito era uma deficiência muito mais séria. Como resultado da sua instrução inadequada, Antoine desenvolveu um verdadeiro medo em relação ao assunto e com o medo veio um frequente sentimento de culpa.

O verdadeiro problema em relação à educação de Maria Antonieta é que ela nunca foi encorajada a concentrar-se. Esta capacidade, relativamente fácil de inculcar na infância, fez-lhe falta na idade adulta. Mesmo os seus admiradores concordavam, como escreveu um deles, membro do seu círculo íntimo, que a sua conversação tendia a ser desarticulada «como um gafanhoto».

Os seus inimigos atribuíam a sua falta de concentração a um capricho. De facto, quando a conheceram era no que provavelmente se tinha transformado. Porém, tinha origem numa educação deficiente. Uma das suas máximas preferidas dizia tristemente: «Para se ser rei é preciso aprender-se a sê-lo.» O mesmo se podia dizer em relação a uma rainha, por mais encantos que tivesse.

* * *

O jovem delfim de França, futuro noivo desta criança simpática mas ignorante, também não era, se bem que de modo diferente, nada prometedor. A sua vida tinha tido um começo infeliz. A morte, em 1761, do seu irmão mais velho, o duque de Borgonha, deixou Luís Augusto, então com dezassete anos, com um permanente complexo de inferioridade. Os pais não esconderam o desgosto pela morte do seu favorito. O homem encarregado da educação de Luís Augusto, o duque de Vauguyon, também aproveitou a oportunidade para lhe recordar a falta de capacidade para representar o papel até então pertencente ao seu incomparável irmão. O resultado foi uma terrível falta de autoconfiança. A morte do seu pai, o delfim Luís Fernando, em 1765, fez com que Luís Augusto, agora delfim, ficasse apenas a um passo do trono de França.

O que lhe faltava em autoconfiança também não era contrabalançado por atributos físicos. Luís Augusto era um homem pesadamente constituído e o seu peso foi aumentando com os anos. Havia um qualquer gene de gordura naquele ramo dos Bourbons, que pode ter sido inicialmente glandular. O seu pai fora gordíssimo e o seu avô materno, Augusto III, também.

Notoriamente desajeitado, o delfim fazia triste figura nos bailes da corte e, possuidor de um péssimo ouvido, quando cantava provocava arrepios gerais. Os seus olhos azul-claros, «saxónicos», eram míopes, fazendo com que perscrutasse os cortesãos e não conseguisse reconhecê-los. A maior parte das vezes mantinha a cabeça baixa para evitar qualquer confrontação. Mal equipado para o formalismo da vida em Versalhes, o delfim refugiava-se na sua grande paixão pela caça, uma tradicional ocupação real. A partir dos nove anos começou a registar as suas proezas num diário de caça que era mais o diário de bordo de um caçador do que um registo convencional de acontecimentos do dia-a-dia.

No entanto, o delfim era inteligente, estudioso por natureza e instruído pelos padrões e métodos da época. Luís Augusto gostava de literatura e das «sublimes melodias» de Racine. Acima de tudo tinha um grande amor pela História, que lhe fora inculcado por David Hume, o historiador britânico, por ocasião de uma visita. Aparentemente, não havia razão para que as negociações relacionadas com o casamento entre o príncipe francês e a arquiduquesa austríaca não se iniciassem.

No entanto, estas não foram fáceis. A hostilidade de muitos membros da corte francesa a qualquer casamento com uma austríaca levou a que se sugerisse uma candidata rival, a princesa Amélia da Saxónia. Luís XV nunca reconheceu publicamente a probabilidade do casamento austríaco, embora tivesse sido sempre sua intenção optar por uma aliança matrimonial que estivesse de acordo com a sua política estrangeira, pró-austríaca.

O novo embaixador francês, o marquês de Durfort, que chegou a Viena em Fevereiro de 1767, ia encarregado de entregar uma mensagem ambígua à imperatriz, mas descobriu que não era tarefa fácil fazê-lo quando o que ela queria era ouvir uma coisa completamente diferente. Recebido na corte todos os domingos, viu-se mergulhado no círculo íntimo de Maria Teresa e submetido a uma barreira de encanto.

Só dois anos depois da sua chegada à Áustria, Durfort foi solicitado a fazer uma oferta formal pela mão da mais jovem das arquiduquesas.

Foi portanto um processo progressivo do lado francês, e só ganhou velocidade em 1768, quando Maria Teresa decidiu concentrar-se em Antoine, na ausência de outra candidata viável.

Entretanto, a aparência física da arquiduquesa iria passar por uma transformação vital. A imperatriz importou uma verdadeira cabeleireira parisiense para lhe tratar da testa e da linha de implantação do cabelo.

Tão importante como o estilo do penteado era a questão da língua. Versalhes não ficou impressionada quando soube que dois actores franceses, Aufresne e Sainville, que estavam em Viena em *tournée*, estavam a ensinar Madame Antoine. Era necessário um professor mais respeitável, e a escolha recaiu sobre o abade de Vermond, que chegou à capital austríaca no Outono de 1768. O seu papel oficial era de leitor, mas de facto agiu como tutor de Antoine enquanto esteve na Áustria e mais tarde como seu conselheiro confidencial.

Quando Vermond chegou, Antoine, que acabara de fazer treze anos, não sabia ler nem escrever correctamente, em francês ou em alemão. O seu francês – a língua *en famille* – era descuidado e cheio de frases e construções alemãs. Quando partiu para França falava fluentemente a língua de Racine segundo uma testemunha independente, se bem que com um ligeiro sotaque alemão. No entanto, os Franceses continuariam a achar que a educação de Maria Antonieta tinha sido «muito negligenciada», o que levou a acusações privadas de estupidez. Provavelmente, Vermond lutou em vão contra uma mente sem qualquer conteúdo intelectual ou especulativo.

No entanto, os registos do abade em relação ao seu carácter eram geralmente favoráveis, realçando a doçura e a amabilidade da sua natureza e deplorando ao mesmo tempo a sua tendência para a distracção. A sua aparência só tinha um defeito: era bastante pequena. Um relatório secreto enviado para França dizia muito sucintamente: Madame Antoine era encantadora e não daria problemas.

O marquês de Durfort fez o pedido formal no dia 6 de Junho de 1769 para os esponsais entre o delfim, então quase com quinze anos, e a arquiduquesa, então com treze anos e meio. Seis dias mais tarde teve lugar em Laxenburg uma festa com uma magnificência pouco habitual para celebrar o dia onomástico do futuro delfim. A circunspecção e dignidade de Maria Antonieta encantaram todos os presentes. Todos sabiam que a filha mais nova da imperatriz tinha pela frente um futuro glorioso. Como Maria Teresa disse à filha: «Se considerarmos apenas a grandeza da tua posição, és a mais feliz das tuas irmãs e de todas as princesas.» A Luís XV, porém, a imperatriz escreveu de Laxenburg umas linhas bem diferentes: «A sua idade suplica indulgência.» Desta maneira sugestiva, Maria Teresa pedia ao rei francês que actuasse «como pai» junto da futura delfina.

* * *

Era intenção do camareiro-mor da corte organizar um cortejo nupcial cuja magnificência atestasse o estatuto imperial da Áustria, apesar de se centrar em redor de uma adolescente. Os cavalos eram uma questão crucial, cavalos que puxariam as infindáveis carruagens condizentes com o estatuto da futura delfina, cavalos que teriam de ser substituídos frequentemente para evitar atrasos. O cortejo teria 132 dignitários e o dobro de médicos, cabeleireiros e criados, incluindo cozinheiros, padeiros, ferreiros e até uma costureira para pequenos arranjos no caminho. Para tanta gente seriam necessárias 57 carruagens e 376 cavalos, o que exigiria um total de 20 mil animais ao longo do caminho.

Inevitavelmente, a própria Madame Antoine tornou-se o pólo de atracção da corte. Em Dezembro de 1769, num baile de máscaras, 4000 pessoas fizeram fila para vislumbrar a futura delfina e ficaram encantadas com o que viram.

Em Fevereiro teve lugar um acontecimento significativo, quando, como a imperatriz se apressou a informar o embaixador francês, a futura delfina «se tornou mulher». Antoine tivera o seu primeiro período naquela mesma manhã; Maria Teresa esperava que Luís XV ficasse muito feliz com a notícia. Madame Antoine já podia ser mãe quando o seu casamento fosse consumado. Foi este aspecto dinástico que inspirou em Maria Teresa uma curiosidade obsessiva em relação aos ciclos mensais das suas filhas, uma preocupação que não tinha em consideração a distância ou até a privacidade. As arquiduquesas, mulheres de príncipes importantes noutros países, tinham de enviar relatórios frequentes sobre o assunto. Embaixadores como o conde Mercy d'Argenteau foram chamados a prestar tal serviço e o médico real francês, Lassonne, tinha de enviar «todos os meses» à imperatriz relatórios sobre o ciclo de Maria Antonieta. Menos apropriadamente, talvez, foi pedido a Gluck, em determinada altura, que levasse em mão a imprescindível mensagem.

Os conselhos de Maria Teresa às suas filhas eram extremamente detalhados. No entanto, pouco fizeram para conseguir conciliar os dois papéis de refém e embaixatriz. As duas anteriores arquiduquesas tinham recebido longas instruções. Amália foi avisada: «Tu és estrangeira e súbdita; deves aprender a conformar-te; como és mais velha do que o teu marido, não deves tentar dominá-lo… lembra-te de que somos súbditas dos nossos maridos e que lhes devemos obediência.»

Em contraste com o tema da obediência, havia a questão crucial do seu comportamento como boas alemãs. As instruções da imperatriz a Antoine diziam que, se por um lado não devia introduzir qualquer costume novo, comportar-se de maneira diferente do que estava estritamente estabelecido na corte de França ou citar os usos da corte de Viena, por outro devia mostrar-se sempre «uma boa alemã». Como poderia ser seguido um conselho aparentemente tão contraditório?

No dia 15 de Abril – Sábado de Aleluia –, o marquês de Durfort regressou em triunfo como embaixador extraordinário do rei francês, tendo deixado Viena pouco antes como simples embaixador. Teoricamente, Durfort tinha regressado a França apenas para desempenhar este acto de transformação, mas tinha-se limitado a adquirir um enorme cortejo de quarenta e oito carruagens puxadas por seis cavalos cada uma para enfatizar a nova magnificência do seu estatuto a uma corte que o conhecia bem havia três anos.

Duas carruagens foram enviadas pelos Franceses. Teriam a honra de transportar a delfina na sua viagem e eram as mais sumptuosas de todas. Uma tinha estofos de veludo carmesim, bordados a ouro com motivos das quatro estações; os estofos da outra eram azuis, com motivos relativos aos quatro elementos e ramos de flores, feitos com um fio de ouro muito fino, suspensos do tecto.

O embaixador extraordinário entregou a Madame Antoine uma carta e dois retratos do delfim. Esta pegou num deles, engastado em diamantes, e prendeu-o no corpete. A carta era de uma cortesia requintada e é pouco provável que o seu conteúdo fosse do conhecimento do delfim.

No dia 17 de Abril, Madame Antoine jurou sobre uma Bíblia que renunciava aos seus direitos hereditários, através da sua mãe, às terras austríacas, e às da Lorena que lhe pertenciam através do seu pai. Esta renúncia formal era frequentemente exigida às princesas que abandonavam o reino para evitar que uma dinastia estrangeira aspirasse ao trono familiar, caso falhasse a sucessão masculina.

Na mesma noite, o imperador José deu um jantar para 1500 pessoas no Palácio Belvedere, em Viena. Outras 600 dançariam num baile num pavilhão especialmente construído nos jardins do palácio para o efeito, usando máscaras, dominós brancos ou capas com capuz. (No entanto, havia uma ordem especial de que não seriam toleradas máscaras «desagradáveis».)

Estavam presentes 800 bombeiros por uma questão de segurança, dada a quantidade de velas – quase 4000 – necessárias para a ocasião. Menos vulgar foi a contratação de dentistas para o caso de uma dor por parte de algum dos convidados. A gazeta oficial atribuiu esta preocupação aos «cuidados maternais» da imperatriz. A ceia no baile foi servida por turnos, mil pessoas de cada vez, e começou às onze horas, mas as bebidas – café, chá, chocolate e limonada, bem como licores – foram servidas sem interrupção ao longo da noite.

Provavelmente, esta generosidade foi responsável pelo facto de o baile ter durado até às sete horas da manhã, apesar de a família imperial se ter retirado por volta das três.

O casamento, que teve lugar às seis horas da tarde do dia 19 de Abril, foi, evidentemente, um casamento por procuração, um procedimento usual no que dizia respeito à união das princesas com estrangeiros e que tinha a respectiva aprovação eclesiástica, o que significava que a jovem podia viajar já com o seu novo estatuto social. O noivo por procuração de Antoine foi o seu irmão mais velho, o arquiduque Fernando, que tinha apenas de usar a fórmula em latim «é de minha vontade e por isso prometo», ajoelhar ao lado da irmã e comparecer no banquete nupcial a seu lado. Em tempos mais remotos, os casamentos por procuração eram consideravelmente mais realistas. O «par nupcial» ia para a cama e, em frente de testemunhas, o noivo simbólico introduzia simbolicamente uma perna entre as pernas da noiva.

Seguiu-se, às nove horas, o banquete oficial de casamento, que durou várias horas. No entanto, houve outro na noite seguinte, durante o qual os embaixadores e as outras personalidades tiveram autorização para beijar a mão daquela que já podia, oficialmente, ser chamada «Madame la Dauphine».

A partida da delfina foi marcada para as nove horas da manhã seguinte. A hora, madrugadora, era deliberada. Fosse qual fosse o futuro brilhante da noiva, aquelas partidas não eram ocasiões felizes. Naquela fria manhã de Primavera, a imperatriz puxou para si uma vez e outra a sua filha. «Adeus, minha querida filha, vamos ficar separadas por uma grande distância... Sê boa para o povo francês, para que ele possa dizer que eu lhe mandei um anjo.» Em seguida começou a chorar. Madame Antoine, incapaz de conter as lágrimas, meteu a cabeça pela janela vezes sem conta para ver pela última vez o lar onde tinha nascido e crescido.

À medida que o cortejo de cinquenta e sete carruagens passava por Schönbrunn, no início da sua longa viagem a caminho de França, os postilhões sopravam nas suas trompas, saudando o passado da arquiduquesa e o futuro da delfina.

II

O primeiro encontro da noiva com o noivo teve lugar às três horas da tarde do dia 14 de Maio, na floresta, perto de Compiègne, onde a estrada cruzava o rio na Ponte de Berne. O rei francês chegou numa carruagem apenas com o neto e três das suas quatro filhas solteiras.

Quando a delfina desceu da carruagem e pisou o tapete cerimonial que tinha sido estendido em sua honra, coube ao duque de Choiseul o privilégio da primeira saudação. Em seguida, o rei e a sua família saíram da respectiva carruagem. O duque de Cröy apresentou formalmente «Madame la Dauphine» e Maria Antonieta, caindo de joelhos, disse: «Senhor meu irmão e muito querido avô.» Doravante passaria a ser «Papá» ou «Papá-Rei».

O rei ficou comovido com o tocante gesto de submissão. Quando se levantou, Maria Antonieta viu na sua frente uma figura distinta de «grandes olhos salientes, negros e perscrutadores, e um nariz romano», um monarca que, mesmo aos sessenta anos, era geralmente considerado como «o homem mais bonito da corte». Infelizmente era uma descrição que o delfim ao seu lado estava longe de merecer. Era um jovem com olhos de pálpebras pesadas, sobrancelhas negras e espessas, que parecia algo desajeitado – ou seria enfado? – e que, apesar de fazer dezasseis anos apenas no seguinte mês de Agosto, já era corpulento. Em poucas palavras, Luís Augusto não era a figura idealizada nos retratos e na miniatura que Maria Antonieta tinha recebido e nos quais, diplomática e compreensivelmente, a linha do queixo fora aumentada e a corpulência diminuída.

Quanto às reais tias, o malicioso anedotista inglês Horace Walpole descreveu-as como umas «velhotas gorduchas e desajeitadas». Maria Antonieta descobriria que a amabilidade não era o seu principal atributo, pelo menos no que a ela lhe dizia respeito e também descobriria que o seu marido, o delfim, privado da sua mãe três anos antes, era muito dedicado às tias.

Luís XV, por seu lado, viu uma rapariga encantadora que tinha a idade das ninfetas que ele costumava visitar nos vários estabelecimentos (de facto bordéis reais) existentes no bairro chamado Parc des Cerfs. Na generalidade, o veredicto do rei em relação à delfina foi o de uma rapariga «espontânea e um pouco infantil». E que viu Luís Augusto? O seu diário de caça, no qual só tinham lugar os principais acontecimentos, dizia em breves palavras: «Encontro com Madame la Dauphine», sem qualquer referência à aparência física de Maria Antonieta. Quando viu a sua «mulher», beijou-a formalmente.

Naquela noite, no Castelo de Compiègne, a delfina foi apresentada aos «príncipes e princesas de sangue», como eram conhecidos os parentes do rei, sendo este título considerado o mais distinto da corte francesa. Uma jovem viúva encantadora, a princesa de Lamballe, estava entre as damas que Maria Antonieta encontrou pela primeira vez. Em relação à questão de um eventual novo casamento – a dama tinha apenas vinte anos – era importante saber, pelas regras do jogo que a delfina tinha de aprender, que o estatuto da princesa de Lamballe na corte derivava da sua entrada, através do casamento, para uma casa de sangue real, não do seu nascimento. Um novo casamento com alguém de estatuto inferior poderia envolver o sacrifício da sua actual posição.

Havia outra regra do jogo que tinha de ser aprendida na noite seguinte no castelo de La Muette. A delfina reparou noutra jovem dama encantadora, a condessa Du Barry, amante do rei. A sua presença no banquete já tinha causado algum descontentamento nos bastidores; as piedosas tias, que a odiavam, estavam furiosas, ao mesmo tempo que o embaixador austríaco, autorizado a apresentar os seus cumprimentos em Compiègne, ficou melindrado com a imposição. Em relação ao aparecimento da Du Barry no banquete, embora fosse um ultraje social, era tecnicamente admissível, visto que o rei tinha recentemente, por meio de algumas manobras oficiais, assegurado a sua apresentação na corte com a cumplicidade de uma dama do seu séquito.

Maria Antonieta caiu na armadilha ao perguntar à condessa de Noailles como se chamava a dama. Quando ela lhe respondeu delicadamente que a dita dama estava ali para dar prazer ao rei, a delfina disse alegremente: «Nesse caso vou ser rival dela porque também eu quero dar prazer ao rei.»

* * *

O dia 16 de Maio de 1770, uma quarta-feira, amanheceu brilhante, felizmente para a multidão, incluindo muitos aristocratas, que tinham sido forçados a levantar-se cedo e fazer as três horas de carruagem até Versalhes. A entrada era apenas por convite – mas havia, provavelmente, 6000 pessoas presentes, de todas as categorias sociais. Para as mais importantes o traje era *de rigueur*: espada e casaco de seda para os homens, corpete justo e saias armadas com longas caudas para as mulheres, assim como grandes perucas empoadas.

Maria Antonieta, sem estar ainda vestida com o seu traje nupcial, chegou com o seu séquito a Versalhes por volta das nove e meia da manhã. Todas as janelas da grande fachada estavam apinhadas de espectadores curiosos. Maria Antonieta também beneficiou da brilhante manhã de Maio para a sua primeira visão do fabuloso palácio onde, como supunha, passaria o resto da sua vida.

Maria Antonieta foi presenteada com as jóias magníficas, diamantes e pérolas, que lhe eram devidas como delfina. Como não havia rainha de França, a delfina também recebeu um fabuloso colar de pérolas, a mais pequena das quais «tão grande como uma avelã», que tinha sido deixado por Ana de Áustria às sucessivas consortes. A noiva acrescentou-

-as às várias jóias, entre as quais alguns belos diamantes brancos que tinha trazido consigo de Viena.

Toda a panóplia de Versalhes estava agora concentrada numa figura central que, nas palavras de um observador, era tão pequena e esguia no seu vestido branco de brocado com armações enormes de ambos os lados, que parecia «não ter mais de doze anos». A dignidade de Maria Antonieta, porém, que tinha «o porte de uma arquiduquesa», foi comentada por toda a gente. E este era um lugar onde o estilo e a graça eram de suprema importância. O delfim, por outro lado, esteve sempre frio, carrancudo ou indiferente durante a longa missa, em contraste com a noiva, e tremeu de apreensão quando lhe meteu a aliança no dedo.

No acto de assinatura do contrato de casamento, porém, as suas capacidades relativas inverteram-se. A família real assinou por ordem: primeiro o rei, que assinou «Louis», e depois o delfim, que assinou «Louis August» com elegância e precisão, mas a terceira assinatura, «Marie Antoinette Josephe Jeanne», ficou com um borrão no primeiro «J»: o primeiro de muitos borrões – falta de cuidado ou nervosismo? – que mais tarde manchariam a sua correspondência com a sua mãe e o «ette», depois de «Antoine», descaiu nitidamente, como se a delfina ainda não estivesse acostumada à sua nova assinatura. Também não se percebe bem se o primeiro «e» de «Jeanne» está realmente lá.

Seguiu-se a cerimónia principal – na qual se centrava simbolicamente a aliança franco-austríaca: o ritual da alcova para o jovem casal, ao qual se seguiria, todos assim o esperavam, a consumação física do casamento. O cerimonial foi seguido à risca. O arcebispo de Reims abençoou o leito nupcial, o próprio Luís XV, presente na câmara, entregou ao neto a camisa de dormir de acordo com a etiqueta predeterminada e conduziu-o formalmente pela mão até ao leito. Em seguida o rei, e depois a duquesa de Chartres, desempenharam a mesma função em relação à delfina. Finalmente, todos os que tinham Direito de Entrada na câmara para a ocasião – e eram muitos, com base no nascimento e na posição na corte – fizeram uma vénia e retiraram-se.

Como Versalhes era um palácio de boatos, tanto como o centro do poder, na manhã seguinte já se dizia que as expectativas tinham saído goradas.

* * *

Os jogos sensuais de Luís XV nos seus aposentos privados com a condessa Du Barry não tinham espectadores, mas pouco mais, na vida de Versalhes, se fazia sem testemunhas e estas não eram simples curiosos ou espiões (se bem que também pudessem desempenhar essa função); eram servidores reais de muitos estatutos diferentes, que tinham o direito legítimo de estar presentes. Muitas das suas posições – conhecidas como *charges* – eram compradas ou oferecidas pelo monarca como fonte de rendimento. Os dias da família real eram pautados por cerimónias, nas quais se incluíam o ritual diário do vestir (*lever*) e o ritual diário do despir (*coucher*). Os Direitos de Entrada nestas ocasiões, que apesar da sua aparente natureza íntima não tinham nada de privado, eram indicadores do prestígio pessoal de cada um.

Depois havia o jantar público (*grand couvert*). Praticamente, quem quer que estivesse decentemente vestido podia comparecer e abrir a boca de espanto perante a refeição da família real, desde que, no caso dos homens, estivessem equipados com uma espada, mas quem não a tivesse podia obtê-la à entrada, nos portões. Como as diferentes Casas significavam em determinadas ocasiões jantares diferentes, as escadarias de Versalhes tinham sempre gente a subir e a descer de um espectáculo para outro. Num deles era característico ver-se o delfim a comer com prazer, ao passo que a delfina mal tocava na comida em público. No entanto, os pratos eram-lhe sempre apresentados pela sua camareira-mor (a idosa condessa de Noailles) ajoelhada num pequeno banco com um guardanapo num braço e com outras quatro «damas do palácio» vestidas a rigor para ajudar.

A pompa pública de Versalhes era um espectáculo planeado. Cem anos antes, Luís XIV tinha instituído deliberadamente um sistema que se centrava em volta de si próprio, o Rei-Sol, em redor do qual as galáxias da nobreza eram obrigadas a girar. Num certo sentido, o espírito do poderoso rei continuava vivo nas rotinas que tinha estabelecido: ainda em 1787, Chateaubriand observou que a presença de Luís XIV permanecia «sempre ali», em Versalhes.

Apesar deste incrível formalismo, o serviço era muitas vezes, em contraste, extremamente descuidado devido à natureza de uma organização na qual os criados desempenhavam muitas vezes tarefas destinadas a grandes personalidades. Assim, o peixe predilecto de Maria Antonieta, num jantar em honra do conde d'Artois, foi roubado e acabou por ser servido ao pequeno-almoço ao jardineiro escocês de Versalhes. Noutra ocasião terrível, um pedaço de vidro foi parar à papa de um pequeno príncipe de França porque a preceptora real foi demasiado arrogante para preparar ela própria o prato, tendo encarregado do serviço uma ajudante de cozinha.

O que mais espantava os observadores estrangeiros era a facilidade de acesso a Versalhes daqueles que nem mesmo com uma grande dose de imaginação se poderiam apelidar de grandes. O povo comum enchia as antecâmaras, o que contrastava com o rígido formalismo da corte. Esta situação tinha origem numa tradição segundo a qual todos os súbditos franceses tinham o direito de acesso ao soberano.

As diferentes maneiras de tratamento também eram privilégios guardados ciosamente. Assim, tratar o rei ou o delfim simplesmente por «Senhor», em oposição a «Monsenhor», ou «Majestade», era, de facto, um sinal de grande privilégio ou intimidade; Maria Antonieta chamava formalmente «Senhor» ao marido. (Quando o conde Mercy d'Argenteau ouviu a condessa Du Barry chamar «Senhor» a Luís XV em público, ficou profundamente chocado.)

Ao mesmo tempo, as regras eram terrivelmente complexas. Maria Antonieta, na sua formal *toilette* matinal, teve de aprender a cumprimentar de maneira diferente cada pessoa que entrava. O facto de qualquer pessoa com Direito de Entrada poder comparecer sem aviso prévio tornava a rotina da *toi-*

lette infinitamente complicada. Maria Antonieta não podia pegar em nada; o privilégio de lhe estender a menor peça de vestuário era ciosamente guardado.

Numa dessas ocasiões, Maria Antonieta já tinha sido despida e estava à espera da camisa de noite das mãos da camareira-mor quando entrou a duquesa de Orleães, uma princesa de sangue. De acordo com a etiqueta, a camareira-mor entregou a camisa à duquesa, que começou a tirar as luvas. Maria Antonieta, claro, estava nua e assim continuou quando entrou outra princesa, a condessa de Provença, a qual, como membro da família real, tomou a precedência na cerimónia e recebeu a camisa das mãos da duquesa de Orleães. Porém, ao tentar apressar as coisas, esquecendo-se de tirar as luvas, deitou ao chão a real touca de dormir. Entretanto, Maria Antonieta continuava de braços cruzados no peito, a tremer de frio. Tentou esconder a impaciência rindo-se, mas não sem antes murmurar audivelmente: «Isto é uma loucura! Isto é ridículo!»

As rotinas diárias de Maria Antonieta, enviadas por carta à sua mãe em Julho de 1770, são indicativas de que este constante privado-desempenhado-em-público estava presente desde o princípio. «Às onze horas estou penteada. Ao meio-dia toda a gente pode entrar – ponho o *rouge* e lavo as mãos em frente de todos. Então, os cavalheiros retiram-se, mas as damas ficam e eu visto-me em frente delas.» A isto seguia-se a missa, com o rei se ele estivesse em Versalhes. Se não, com o delfim. Depois, os dois almoçavam juntos «em frente de toda a gente».

O espírito trocista e malicioso desenvolvido por Madame Antoine na Áustria para esconder o seu receio das mulheres mais velhas e mais inteligentes, revelar-se-ia impróprio em Versalhes. Alcunhar a condessa de Noailles de «Madame Etiqueta» ou mandando perguntar qual era o procedimento correcto para a delfina de França acabada de cair do seu burro, era um divertimento para Maria Antonieta. Tal leviandade era compreensível numa rapariga. «Aos quinze anos, ela ria-se muito», escreveu o príncipe de Ligne. Mas era um riso perigoso.

A vida da corte era simbolizada por duas práticas. A primeira era a das cabeleiras empoadas, tão abrangente que em 1770 não se podia comparecer na corte sem elas, de tal modo que o cheiro do pó de talco se tornou um dos principais perfumes da Versalhes do século dezoito. No entanto, as monstruosas construções de lã, estopa, almofadas e arame, que mais parecia terem sido «mergulhadas numa tina de farinha» (nas palavras de Eliza Hancock, prima de Jane Austen), já existiam em Versalhes antes da chegada de Maria Antonieta.

A segunda prática simbólica era a aplicação exagerada de *rouge* nas faces: não uma sombra delicada, antes círculos enormes, precisos, de uma cor que não andava longe do escarlate. No caso de Maria Antonieta, com a sua soberba tez, tinha mesmo assim de ser aplicado formalmente todas as manhãs. No entanto, o *rouge* não era usado em Versalhes para seduzir; era um distintivo, ou melhor, dois distintivos, de estatuto e distinção. Os visitantes de outras cortes ficavam muitas vezes espantados com o que viam; o imperador José II troçaria da sua irmã mais nova por causa da sua aparência grotesca. Maria Antonieta, porém, ao usar o *rouge* estava lealmente a obedecer às convenções de Versalhes, apesar de a tornar ridícula aos olhos dos Alemães.

* * *

O embaixador austríaco, Florimond, conde Mercy d'Argenteau, assume o papel de pessoa mais importante na vida da delfina em termos práticos, e como seu principal conselheiro. Quase trinta anos mais velho do que a jovem princesa, a sua missão era, e foi, transformar-se numa espécie de figura paternal para Maria Antonieta.

Alto, seco, elegantemente vestido e rico – e ganancioso –, Mercy d'Argenteau adorava a vida de Paris e acompanhava a sua situação de homem solteiro com um estilo de vida esplêndido que incluía uma amante, a fascinante cantora Rosalie Levasseur (que criaria o papel de Amor no *Orfeu* de Gluck, quando a obra se apresentou em Paris).

Essencialmente, Mercy era um homem frio e notavelmente concentrado nos seus próprios interesses materiais. Uma doença particularmente enervante (hemorróidas) pode ter contribuído para um irascível afastamento em relação a Maria Antonieta. Ao longo da vida, Mercy teve uma única devoção, verdadeira e desinteressada, por uma única pessoa: a imperatriz Maria Teresa e, através dela, pelos interesses da Áustria, mas infelizmente não necessariamente em benefício da sua filha.

Mercy, que supostamente devia ajudar Maria Antonieta a instalar-se na corte francesa, na verdade perpetuou o domínio de Maria Teresa com consequências cada vez mais incertas. O embaixador não se sentia embaraçado com a questão e chegou a dizer à imperatriz, em determinada ocasião e com alguma satisfação, que não via razão para que a sua influência sobre a filha diminuísse.

Supostamente, Maria Antonieta devia escrever todos os meses à mãe. Os correios imperiais deixavam Viena no princípio de cada mês e iam a Bruxelas despachar assuntos de Estado antes de seguirem para Paris, de onde partiam com mais cartas ainda, chegando a Viena por volta do vigésimo oitavo dia do mesmo mês. Como o processo durava oito ou nove dias nos dois sentidos, Maria Antonieta tinha de lutar contra o tempo; em qualquer dos casos, tinha tendência para escrever as cartas no último minuto, receosa de ser espiada pela sua nova família. Mercy chegou a dizer que a delfina fechava sempre tudo à chave, com medo de uma qualquer inspecção ilícita; o embaixador explicava os borrões nas cartas com a necessidade de rapidez. A imperatriz ditava as suas cartas ao seu secretário e acrescentava-lhes notas pessoais à margem, que este não via. Do mesmo modo, Mercy mandava as suas juntamente com as da delfina, depois de ela lhas entregar.

Para além destas cartas desesperadas e obedientes de uma pessoa que não era uma correspondente natural, a imperatriz também recebia regularmente, do conde Mercy, relatórios detalhados e íntimos sobre o comportamento da filha, que eram mantidos em segredo entre os dois. Confrontada com a omnisciência da sua mãe, que nunca era a seu favor, Maria Antonieta não parece ter suspeitado nunca do verdadeiro culpado. Como podia a imperatriz estar tão bem informada sobre o que, na sua maior parte, não passava de boatos triviais? Tudo isto contribuiu para aumentar um certo complexo de inferioridade, de falhanço pessoal. Os louvores da imperatriz eram extremamente raros. As críticas, porém – baseadas em informações fidedignas, embaraçosas e que, como tal, não tinham resposta possível –, eram inexoráveis.

* * *

No centro do falhanço pessoal de Maria Antonieta – tal como a imperatriz o via – estava a sua incapacidade de despertar paixão sexual no marido. Ao casar com o herdeiro do trono, a delfina representava o futuro, incluindo as nomeações dos cortesãos, presentes ou futuras. Ou não? Nada era completamente certo em relação à sua posição até que o acto físico final, destinado a coroar a aliança franco-austríaca, fosse consumado.

A recusa permanente do delfim em desempenhar este acto, ou até em tentá-lo, podia, a princípio, ser atribuído à sua juventude e à sua timidez e era essa a esperança de Maria Antonieta. Exteriormente parecia correr tudo bem, pareciam ambos um gracioso casal real cuja inocência em público contrastava favoravelmente com a reputação de debochado do rei.

Maria Antonieta ganhou fama de bondosa ao mandar parar a sua carruagem durante mais de uma hora para ajudar um postilhão ferido. Este comportamento foi muito elogiado, mandou Mercy dizer para Viena. Um outro incidente confirmou a imagem. Quando um camponês foi atacado por um veado no decurso de uma caçada real, a delfina transportou o infeliz homem na sua própria carruagem, ao mesmo tempo que dava instruções relativamente à família que ele deixava para trás e às suas videiras destruídas. A cena ficou eternizada em gravuras, tapeçarias e até em leques. A publicidade, pelo menos uma vez, não mentiu. O impulso de compaixão era suficientemente genuíno e estava profundamente enraizado no carácter de Maria Antonieta.

Este elogiado comportamento público contrastava lugubremente com o que se passava nos bastidores dos aposentos reais. Em poucas palavras, *rien*, a palavra usada por Luís Augusto no seu diário de caça para se referir a um dia sem desporto, mas curiosamente apropriada em relação à sua situação matrimonial. Luís Augusto era ajudado pelo costume da corte francesa que dizia que os casais não tinham, necessariamente, de partilhar a mesma cama, o que se transformou no pomo da discórdia entre a imperatriz e a sua filha. Maria Teresa, que acreditava na cama de casal, dava enorme importância a este passar-a-noite-juntos, na esperança, presumivelmente, de a paixão atingir o delfim num momento qualquer a meio da noite ou de madrugada. Os costumes austríacos, relativamente a esse assunto eram, na sua opinião, definitivamente preferíveis. Maria Teresa recusava-se a ouvir as descrições de Maria Antonieta em relação aos costumes de França – costumes que, num outro contexto, tinha especificamente dito à filha para respeitar.

A irritação da imperatriz em relação a uma situação que nem mesmo ela podia controlar – apesar de tentar esforçadamente – foi crescendo com os meses. A sua solução pessoal (para além da cama de casal), que advogou implacavelmente durante os meses seguintes, era «carícias, carícias e mais carícias».

A atitude do rei francês, cujo flagrante gozo de felicidade extraconjugal contrastava embaraçosamente com a lentidão do neto, era menos dramática. Um exame físico, feito pelo médico real, não lhe encontrou nada de impeditivo, mas uma pergunta feita a Luís Augusto teve como resposta, destinada a ganhar tempo, que, apesar de achar a delfina deliciosa, não conseguia por enquanto vencer a sua timidez.

Durante as comemorações do Carnaval de 1771, a condessa de Noailles deu uma série de bailes semanais nos seus aposentos. Um deles foi o ponto de partida para o início de uma relação sentimental entre uma Maria Antonieta de quinze anos e uma princesa de Lamballe de vinte e um. A nova amiga da delfina não era uma intriguista e nem sequer era inteligente. De facto, era a espécie de jovem cuja sensibilidade era tão excessiva que se dizia ter desmaiado em público perante a visão de um ramo de violetas e também não era particularmente divertida. Nem a sua falta de inteligência nem a sua falta de brilho eram uma desvantagem para Maria Antonieta. Por um lado, a delfina não gostava de mulheres inteligentes, e por outro ainda não tinha descoberto as possibilidades de divertimento da vida em Versalhes. As duas mulheres tinham, porém, uma coisa em comum: apesar de as suas respectivas experiências com o sexo masculino serem exactamente o oposto, nenhuma delas tinha encontrado a felicidade nesse campo.

Na Primavera de 1771 era evidente que Maria Antonieta precisava de uma amiga. Quase um ano após o casamento, o delfim, aparentemente, ainda não tinha conseguido «fazer dela sua mulher». Entretanto, as negociações para o casamento do seu irmão, o conde de Provença, com Josefina de Sabóia, iam de vento em popa. O facto era visto por Maria Teresa como uma dupla ameaça. Primeiro, a imperatriz temia que uma nova «neta», mais maleável, conquistasse o afecto do rei francês, aumentando a influência de Sabóia – um inimigo tradicional devido à sua posição geográfica no Norte de Itália – sobre a da Áustria. Segundo, e ainda mais ameaçador para o destino de Maria Antonieta, a perspectiva – finalmente – de um herdeiro do trono na geração seguinte.

O fluxo de cartas impacientes enviadas de Viena continuou. A que a imperatriz escreveu à delfina no dia 8 de Maio de 1771 é mais uma série de golpes habilidosamente infligidos com um punhal do que uma missiva maternal. Maria Teresa começa por lamentar o facto de o aspecto da sua filha se estar a deteriorar; uma miniatura recente já não mostrava o ar de juventude que Maria Antonieta tinha antes de partir de Viena e lamenta, desnecessariamente, que uma possível mudança na condição da delfina (quer dizer, uma gravidez) não seja a causa. Sobre este assunto, segue-se a habitual admoestação – «não me canso de repetir» – sobre o uso da paciência e da sedução, nunca do mau humor para remediar a infeliz situação, uma vez que a Imperatriz estava firmemente convencida de que tudo, neste aspecto, dependia da mulher.

«Não é a tua beleza, que francamente não é grande coisa», dizia a mãe à filha na carta, «nem os teus talentos, ou o teu brilho (sabes perfeitamente que não tens uma coisa nem outra).» Para uma rapariga de quinze anos, acusada de perder a frescura da juventude, que não conseguia agradar ao homem mais importante da sua vida e que ao mesmo tempo tinha de cimentar o destino «alemão» na corte, não era uma apreciação muito animadora.

* * *

Numa área potencialmente desastrosa da vida da delfina, pelo menos, houve uma certa acalmia. Tornou-se rapidamente evidente que não era de esperar um desfecho feliz do casamento do conde de Provença – nem então, nem nunca. Josefina, que com dezoito anos era três anos mais velha do que o marido, era pequena, magra, tinha uma tez doentia e com o que Luís XV desagradavelmente descreveu numa carta ao seu neto em Parma como «um nariz abominável». A jovem não chegava aos calcanhares da delfina, já que era tímida, tacanha e pouco instruída nas graças consideradas importantes em Versalhes.

No entanto, a nova condessa de Provença estava ansiosa por desempenhar o seu papel. Quando a sua camareira-mor avançou com o obrigatório boião de *rouge*, Josefina hesitou. Porém, ao saber que era um costume francês e que devia adoptá-lo para agradar ao marido, a jovem condessa, divertida, pediu uma grande quantidade «para lhe agradar ainda mais».

Seria preciso mais do que um par de círculos vermelhos nas faces para excitar o conde de Provença que, aos quinze anos, era já tão gordo que podia ser considerado quase obeso. Devido a uma deformidade das ancas, o jovem não andava, bamboleava-se, não podia montar a cavalo, não fazia qualquer outro exercício e comia excessivamente. Provavelmente, era a corpulência que o tornava impotente, se bem que também pudesse haver outras causas físicas.

O jovem, porém, não era estúpido. Apesar de ter um problema desde sempre com o facto de «não ter nascido senhor», como Maria Antonieta disse uma vez, sabia, muito melhor do que Luís Augusto, lidar com a situação da consumação do seu casamento. Em vez de se manter teimosamente calado, alardeou quatro noites de luxúria. Os que estavam por dentro – a maior parte das pessoas da indiscreta sociedade de Versalhes – sabiam perfeitamente que nada tinha acontecido.

Isto não impediu o astuto Provença de lançar insinuações sobre a condição da sua mulher sempre que lhe era conveniente para espicaçar o irmão e a sua mulher austríaca pelo seu falhanço. Era um facto que o nascimento de um filho dos condes de Provença minaria consideravelmente a situação do casal mais velho, o delfim e a delfina – especialmente a da delfina. Toda a gente sabia que um casamento não consumado podia ser anulado facilmente pelas leis da Igreja Católica – e que a noiva seria recambiada para casa. Dizia-se que o preceptor do delfim enquanto jovem, o duque de Vauguyon, andava a tentar obter informações sobre o assunto e que o conde de Mercy estava consciente dessa possibilidade.

Apesar da inata rivalidade familiar entre as duas princesas, uma oriunda da Áustria e outra da Sabóia, Maria Antonieta parecia dar-se bem com Josefina. «A minha irmã», como lhe chamava a delfina, tornara-se, à superfície, uma amiga. Eram os embaixadores dos respectivos países que mantinham uma rivalidade acesa. A presença em Versalhes de dois casais entre os quinze e os dezoito anos levou à formação de uma sociedade informal que estava perfeitamente de acordo com as regras da etiqueta. As suas existências não eram certamente desagradáveis, embora, sob um determinado aspecto, vazias.

* * *

O «coração» Habsburgo da delfina – a existir tal coisa – subiu à tona no Verão de 1772, quando ela tinha dezasseis anos e meio. A guerra civil na Polónia deu à Rússia, à Áustria e à Prússia a oportunidade de se apoderarem do território polaco. O problema era a França, tradicionalmente amiga e aliada da Polónia. A aliança franco-austríaca aguentar-se-ia? A ansiedade da imperatriz sobre a posição de Luís XV foi expressa em privado a Mercy. Quem acalmaria esta crise familiar? «Só a minha filha, a delfina, o pode fazer, ajudada pelos vossos conselhos e pelo conhecimento local», disse ela a Mercy. A imperatriz não pedia a Maria Antonieta nada de mais, apenas consideração e atenção para com o seu «avô e senhor». As suas últimas palavras foram extremamente ameaçadoras: «A aliança pode depender disso.»

De facto, porém, a aliança provou ser inexpugnável simplesmente porque Luís XV não tinha intenção de a quebrar. O aspecto interessante do caso polaco, do ponto de vista de Maria Antonieta, foi o medo com que ela recebeu as instruções diplomáticas da sua mãe. (A delfina estava, de certo modo, na posição de um espião moderno, «adormecido» num país estrangeiro durante vários anos e acordado repentinamente para entrar em acção.) «Que me acontece se houver uma ruptura entre as nossas duas famílias?», perguntou ela a Mercy, desesperada.

O amor de Maria Antonieta pelos filhos dos outros enlouquecia Mercy, porque pensava que isso a distraía de coisas mais sérias. Se Maria Antonieta via uma criança na multidão era capaz de mandar perguntar qual era o seu nome. Uma pequena «Miss» inglesa, na comitiva do Dr. Johnson, chamava-se, por uma feliz coincidência, «Queeny». As crianças da sua Casa eram sempre bem recebidas nos seus aposentos, onde podiam partir a mobília e rasgar os estofos na maior impunidade.

Estes prazeres podiam certamente aliviar a infelicidade fulcral de Maria Antonieta, mas não podiam fazer esquecer a inexorável pergunta: que se passava entre o delfim e a delfina? Ou antes, se não se passava nada, por que razão? E qual era a solução?

Na Primavera de 1773, quando o casal se casara já há quase três anos, o rei ordenou ao Dr. Jean-Marie Lassone que examinasse o delfim e que, depois, tivesse uma conversa franca com marido e mulher. Lassone achou o delfim «bem constituído» e, como Maria Antonieta disse à mãe a 15 de Março, opinou que «a falta de jeito e a ignorância» eram o que obviava a que o acto vital fosse consumado. Subitamente, a esperança tornou-se a ordem do dia. Maria Antonieta declarou-se confiante de que seria em breve, finalmente, a verdadeira esposa do delfim. O «estranho» e «incompreensível» comportamento terminaria dentro em pouco. A delfina já podia ver o anúncio do casamento iminente de Artois com outra princesa de Sabóia, Teresa, irmã mais nova de Josefina, com mais serenidade do que o anterior, dois anos antes.

* * *

No dia 14 de Junho de 1773, Maria Antonieta pôde, finalmente, enviar uma carta de triunfo à sua mãe, por ocasião da primeira visita oficial a Paris do delfim e da delfina, seis dias antes. Esta visita era há muito tempo fortemente aconselhada pela imperatriz, que advogava a exposição pública dos encantos da sua filha como forma de melhorar o seu prestígio, ou a sua imagem, como hoje se diz. A vida das mulheres nobres estava geralmente confinada a Versalhes e outros palácios e o ponto de vista de Maria Teresa era que a delfina brilhasse em contraste com o resto da família real francesa que, segundo ela, tinha falta de brilho e maneiras rudes.

Maria Antonieta descobriu por si própria o delicioso prazer das aclamações do povo. Quando ela e o delfim tentaram passear nos jardins do Palácio das Tulherias, ficaram bloqueados durante três quartos de hora, incapazes de andar para a frente ou para trás devido ao entusiasmo da multidão. Além do mais, o delfim tinha dado ordens aos seus guarda-costas para que não usassem a força para lhe abrir passagem – o que tivera o efeito gratificante, pouco usual em semelhantes ocasiões, de ninguém ter ficado ferido.

«Não imaginais, minha querida mãe», escrevia ela, «as manifestações de alegria e de afecto de que fomos alvo apesar de todas as dificuldades por que este pobre povo passa.» Por dificuldades a delfina entendia impostos. Maria Antonieta continuava: «Quão afortunados somos, dado o nosso estatuto, por podermos beneficiar do amor de todo um povo com tanta facilidade.» Aos dezassete anos era fácil para a jovem princesa acreditar que seria um amor para toda a vida.

Uma semana mais tarde, Maria Antonieta e Luís Augusto fizeram uma visita oficial à ópera, o que, pelo menos para ela, com a paixão que tinha pela música e pelo canto, foi um prazer maravilhoso. A delfina mostrou o seu entusiasmo natural quando chegou a ocasião dos aplausos. Teoricamente, isto era proibido nas representações na corte, mas quando Maria Antonieta pediu à dama que estava ao seu lado para aplaudir, a ovação passou a ser geral. Supostamente, a delfina não podia cometer erros.

O relatório secreto de Mercy sobre a visita louvava o triunfo da delfina e as aclamações entusiásticas da multidão. Porém, também dizia que o delfim tinha sido visto, de uma maneira geral, como um mero «acessório» na ocasião, comparado com o sorriso radiante da jovem, alvo da atenção de toda a gente.

Durante o Verão de 1773, os sábios conselhos do Dr. Lassone produziram algum efeito. Luís Augusto conseguiu uma espécie de união física com Maria Antonieta. O tempo, porém, revelaria a natureza precisa do acto e as suas possíveis limitações. A possibilidade de uma gravidez começou a esmorecer.

«Três netos este ano e um quarto a caminho», mas nada do lado da delfina, resmungou a imperatriz em Novembro.

Em Janeiro do ano seguinte, Maria Teresa voltava às queixas do costume; a frieza do delfim face a uma mulher bonita como a sua filha era inconcebível e decidiu tomar medidas drásticas. Em poucas palavras, decidiu pedir ao seu filho, o imperador José, «para fazer qualquer coisa em relação àquele esposo indolente».

Em Novembro de 1773, o jovem círculo da corte recebeu mais um membro, Teresa, condessa d'Artois. Mercy descreveu-a como um ser silencioso e absolutamente desinteressado de tudo. Além do mais, não tinha porte nem graça e dançava muito mal. Teresa, com dezassete anos por ocasião do seu casamento com o conde d'Artois, de dezasseis, não era nenhuma beldade. No entanto, a sua capacidade de «agradar ao marido» constituía uma ameaça para a delfina. Ali estava um jovem casal que não tinha hesitações e cumpria aplicadamente os seus deveres desde a primeira noite. Para além da satisfação conjugal, não havia dúvida de que, em termos de aspecto e sedução, a condessa d'Artois tinha ficado com o melhor dos príncipes. Alto e magro, com os brilhantes olhos negros do avô, Artois tinha um dom precioso, que faltava aos seus dois irmãos, a alegria. O conde era afável, com um semblante aberto e afável que o tornava querido do povo. Tal como Maria Antonieta receara, a possibilidade de uma gravidez pendia para o lado de Teresa.

Com o momentoso assunto do leito matrimonial ainda por resolver, Maria Antonieta tinha todos os motivos para não gostar da moralidade de Versalhes, representada pela sempre triunfante Du Barry. A combinação destes dois factores tornou-a, como o irmão, o imperador José, fez notar alguns anos mais tarde, bastante «reservada» em questões de sexo. A admiração, o amor de um povo, mais do que o de um homem em particular, uma vez que o homem em questão não era fisicamente seu marido, era o que na altura a empolgava.

No início de 1774, um jovem nobre sueco, o conde Axel Fersen, fez a sua primeira aparição em Versalhes. Nascido a 4 de Setembro de 1755, era dois meses mais velho do que Maria Antonieta e viajava pela Europa há vários anos. Fersen era filho de uma mãe aristocrata e do Marechal dos Exércitos, «o homem mais rico da Suécia». Para além da sua riqueza, Fersen era extremamente bem-parecido; era alto, magro, tinha um rosto afilado, olhos escuros e intensos por baixo de umas sobrancelhas espessas e um ar ligeiramente melancólico.

No dia 30 de Janeiro, Fersen foi ao baile da Ópera, em Paris, tendo chegado à uma hora da manhã. A multidão era enorme e os presentes incluíam o delfim, o conde de Provença e a delfina. De acordo com o costume, os membros da corte usavam máscaras para evitar serem reconhecidos. Como Fersen recorda no seu diário: «A delfina falou durante muito tempo comigo sem se dar a conhecer. Finalmente, quando foi reconhecida, toda a gente se juntou à sua volta e ela retirou-se para um camarote. Entretanto, eu abandonei o baile.» Assim, o mito de um amor à primeira vista, um *coup de foudre*, num camarote da ópera, tão querido dos escritores e dos realizadores de cinema, não passou disso. O que realmente aconteceu foi o reconhecimento convencional das credenciais sociais de Fersen. Subsequentemente, o nobre sueco foi convidado para alguns *bals à la Dauphine* antes de partir para Inglaterra. É significativo o facto de o diário de Fersen, que menciona frequentemente os atractivos das várias mulheres que conheceu, não mencionar, nesta data, os encantos da delfina. O verdadeiro objectivo de Fersen, em 1774, era o casamento com a herdeira inglesa Catherine Lyell, daí a sua partida para Inglaterra.

* * *

O colapso físico de Luís XV, no fim de Abril de 1774, apanhou a corte de surpresa e durante algum tempo tentou-se desesperadamente fingir que ele poderia recuperar. No entanto, com sessenta e quatro anos, o rei francês vivera muito mais do que o pai e o avô.

No dia 27 de Abril de 1774, o rei, que estava no Grand Trianon, foi à caça, mas não chegou a sair da carruagem por se sentir demasiado fraco. No dia seguinte, a febre e os vómitos fizeram com que o seu médico pessoal recomendasse o seu regresso a Versalhes. Foi neste ponto que o drama começou. Quando os reis estavam a morrer – ou presumivelmente a morrer –, os que os rodeavam tinham de estabelecer um equilíbrio delicado entre as suas necessidades físicas neste mundo e as suas necessidades espirituais no outro, quer dizer, nem mesmo um rei podia receber a absolvição pelos seus pecados se não mandasse embora a sua amante actual e se arrependesse. Infelizmente, do ponto de vista do rei, a decisão não podia ser revogada; o arrependimento total por uma relação particular e o seu reatamento com a recuperação da saúde era contra as regras da etiqueta espiritual.

Ninguém estava mais consciente deste dilema do que o próprio Luís XV, visto que já tinha passado pela experiência. Trinta anos antes, o rei adoecera gravemente e, depois de um período de agitadas conjecturas, a duquesa de Châteauroux, a sua amante de então, tinha sido mandada embora. O rei recebera a absolvição. No entanto, não morrera. Como tal, lamentavelmente, a duquesa não pudera voltar para ele; o seu reinado terminara, apesar de o do rei continuar.

No dia 3 de Maio, o rei, olhando para as pústulas que tinha no corpo, disse em voz alta as palavras que ninguém se tinha atrevido a pronunciar: «varíola». Até então o monarca fora levado a acreditar que já tinha tido a doença em jovem e que, como tal, estava imune. O diagnóstico significava que a sua confissão era urgente.

Na noite de 4 de Maio, finalmente, o rei ordenou à Du Barry que partisse para Ruel, não muito longe de Versalhes. As suas palavras foram dignas: «Madame, estou doente e sei o que devo fazer… Ficai ciente de que sentirei sempre por vós os mais ternos sentimentos de amizade.» Porém, nem então perdeu completamente a esperança, porque algumas horas depois mandou chamá-la novamente, mas foi-lhe dito que já havia partido. Pelas faces do monarca rolaram duas grandes lágrimas. Só então Luís XV se confrontou, finalmente, com a verdade da sua própria mortalidade…

Só às três horas da tarde do dia 10 de Maio de 1774, a vela colocada na janela de Luís XV durante a sua agonia foi apagada. Subitamente, o jovem casal, Luís Augusto e Maria Antonieta, à espera ansiosamente nos aposentos da delfina, ouviu «um barulho terrível, como se fosse um trovão», o som de passos a correr. A multidão de cortesãos, postada na antecâmara dos aposentos reais, começara a desertar com a notícia da morte do rei, apressando-se a ser os primeiros a prestar as suas homenagens ao novo monarca e à sua esposa.

O novo rei e a nova rainha de França caíram de joelhos e, numa cena que comoveu toda a gente que a testemunhou, rezaram juntos: «Meu Deus, guiai-nos e protegei-nos. Somos demasiado jovens para reinar.»

Ninguém, no entanto, ficou muito tempo em Versalhes. O perigo de contágio era extremo para toda a gente, especialmente para o novo rei, que nunca tivera varíola, nem sequer fora inoculado. Às quatro horas da tarde começou a organizar-se a partida da corte para o Palácio de Choisy, a cerca de sete quilómetros de Paris, nas margens do Sena, famoso pela sua frescura e pelos seus jardins.

Quanto ao corpo de Luís XV, foi selado à pressa num caixão e levado a grande velocidade para a Catedral de Saint--Denis, para que a doença não se propagasse. A rapidez provocou grandes expressões de alegria entre os seus antigos súbditos. O grito familiar de Luís XV, quando partia para a caça, ouviu-se novamente, mas em tom de troça: «Tally ho! Tally ho!»

A atmosfera na carruagem do novo rei, a caminho de Choisy, também não era mais sombria. Durante algum tempo, a solenidade do que acabava de acontecer tinha mergulhado seis jovens – a condessa de Provença era a mais velha, com vinte e um anos e Artois era o mais novo, com dezassete – numa grande tristeza. Então, porém, a mistura particular de alegria e pesar associada muitas vezes à morte levou a melhor. Uma palavra, inadvertidamente mal pronunciada pela condessa d'Artois, provocou um riso histérico no interior da carruagem. Era preciso secar as lágrimas, começar uma nova vida.

III

O *glamour* de Maria Antonieta – para usar uma palavra do século vinte que, no entanto, parece apropriada – adequava-se-lhe admiravelmente na sua posição de rainha de França. Durante os anos seguintes a beleza de Maria Antonieta, ou a ilusão de beleza que ela transmitia, atingiu o apogeu, cumprindo-se assim a promessa de Viena quando ela era criança.

O esplendor do sorriso da rainha era famoso; tinha tal «encanto» que a futura Madame Tussaud, uma observadora em Versalhes, diria ser suficiente para conquistar «o mais brutal dos seus inimigos». O brilho da sua tez fez com que o príncipe de Ligne, que a adorava, dissesse que a sua pele era tão branca como a sua alma e, numa carta enviada para Inglaterra, Eliza Hancock salientava a «tez muito branca e muito fina» da rainha. Mrs. Thrale, de visita a França com o Dr. Johnson, em 1775, considerou Maria Antonieta «a mulher mais bonita da corte», mais bonita ainda de dia do que de noite (quando, evidentemente, ainda era obrigada a desfigurar-se com o obrigatório *rouge*). A artista Madame Vigée Le Brun foi suficientemente honesta para dizer que, como a pele da rainha era «tão transparente que não permitia qualquer sombra», a pintura não conseguia captá-la completamente.

No entanto era a graça do conjunto, mais do que a perfeição dos traços, que provocava maior impressão nos que conheciam Maria Antonieta e acima de tudo a sua elegância, nas palavras do barão de Besenval. «Há algo de delicioso no porte da sua cabeça, uma maravilhosa elegância em tudo que lhe permite competir com outras mais favorecidas pela natureza e mesmo suplantá-las.» Evidentemente, os encantos físicos da realeza raramente são verdadeiros, mas no caso de Maria Antonieta a unanimidade é tal, vinda de fontes tão diversas, incluindo visitantes estrangeiros e pessoas íntimas, que é difícil duvidar da verdade da imagem.

O novo rei e a nova rainha não ficaram muito tempo em Choisy porque se temia que as reais tias também tivessem apanhado varíola. Então, a corte foi para o Castelo de La Muette, nos arredores de Paris, e depois para Marly e Fontainebleau. Ao todo, a corte ficou longe de Versalhes durante seis meses, até o palácio ser considerado seguro. Durante este período houve duas destituições, ambas previsíveis e ambas atribuídas a Maria Antonieta.

Luís XVI era um jovem honesto e consciencioso, mas até aqueles que lhe queriam bem se referiam às suas indecisões, à sua necessidade de uma natureza mais forte que o dominasse, um vestígio, sem dúvida, da falta de confiança que lhe fora inculcada durante a sua infância infeliz. Além do mais, supostamente, não tinha sido preparado pelo avô para ser «o senhor». Dadas as circunstâncias, o carácter e as tendências do seu conselheiro principal e dos outros ministros eram da maior importância.

No entanto, era impensável o duque d'Aiguillon continuar a desempenhar o papel que tinha desempenhado no reinado de Luís XV. A sua ligação à Du Barry, juntamente com algumas suspeitas de deslealdade, tornavam-no odioso aos olhos do rei e da rainha. Maria Antonieta ansiava por vê--lo substituído pelo duque de Choiseul, mas o escolhido foi o conde de Maurepas. Este, apesar da propaganda em contrário, foi o primeiro exemplo da falta de capacidade de Maria Antonieta na tentativa de controlar o marido quando os seus interesses divergiam.

Parece que Maurepas também era o candidato das tias do rei, as quais, durante o período de quarentena de Luís XVI, período durante o qual ele esteve afastado de outros potenciais ministros, exerceram um controlo muito particular. Em poucas palavras, o rei preferia a opinião das suas tias francesas à da sua mulher austríaca.

Nos sete anos seguintes, Maurepas não seria o conselheiro mais próximo do jovem rei francês. Esse papel foi desempenhado pelo conde de Vergennes. Do ponto de vista de Maria Antonieta, o importante era que os dois homens, apesar de não serem a favor do fim da aliança com a Áustria, desejavam que ela fosse puramente defensiva. Em especial, temiam a natureza expansionista de José II uma vez morta a sua mãe. Desconfiando ambos da Áustria, Maurepas e Vergennes encontraram um aliado na pessoa do soberano. Os três homens olhavam com desconfiança para a rainha Habsburgo.

O estatuto de intimidade de Maurepas era ainda maior devido ao facto de ocupar os antigos aposentos da Du Barry em Versalhes e foi mesmo autorizado a usar a escada secreta que ligava os aposentos reais aos da favorita, se bem que por motivos diferentes. Simbolicamente, os aposentos da rainha estavam consideravelmente afastados dos do rei. Só no Verão de 1775, por grande insistência de Mercy, foi construída uma longa escada subterrânea a ligá-los. Até então, Luís era obrigado, para fazer as suas esporádicas visitas conjugais, a atravessar a chamada antecâmara Oeil de Boeuf (assim conhecida pela janela em olho-de-boi), na qual permaneciam especulativamente os cortesãos.

* * *

Teoricamente, que poderes tinha Maria Antonieta para combater a propaganda insidiosa dos conselheiros do rei? Acontece que a rainha de França não desempenhava qualquer papel oficial na vida do país. O seu estatuto, de facto, era geralmente inferior, um reflexo da Lei Sálica do século catorze segundo a qual uma mulher não podia ascender ao trono.

Na ausência de uma estrutura mais formal, a esfera em que se moviam as mulheres era a de uma influência não oficial, a que a corte francesa estava habituada. Mas era a influência da amante, não a da esposa. Durante o longo reinado de Luís XV, a amante sempre tinha sido uma força a levar em conta, quer fosse a inteligente e sofisticada Pompadour, quer a muito menos dotada Du Barry, sobre a qual o príncipe de Ligne disse ser uma mulher que tinha de usar documentos importantes como papelotes «para os meter na cabeça».

O papel imaginado para Maria Antonieta pelo conde Mercy era o de amante, aproveitando-se da única vantagem que tinha – o acesso pessoal ao monarca, crucial em todas as intrigas da corte. O facto de ela não desempenhar a função mais significativa de uma amante, porém, era uma fraqueza irritante nos seus cálculos. No entanto, significava, pelo menos, que o «indolente» rei não demonstrava qualquer inclinação por outras mulheres. Entretanto, Maria Antonieta devia, supostamente, infiltrar-se na confiança do rei, tendo o cuidado, sempre, de esperar que *ele* a consultasse, como dizia Mercy (o que não era tarefa fácil).

A rainha tinha outras armas à sua disposição. Uma delas era a capacidade de recompensar os que a serviam, e aqui estava em terreno seguro visto que tinha a seu favor os costumes do país. Quando a sua mãe protestou por os membros da Casa da Rainha serem recompensados, Maria Antonieta salientou que esperavam dela que o fizesse, de outro modo os seus apoiantes abandoná-la-iam. Além do mais, recompensar com amplos benefícios as pessoas de quem gostava estava de acordo com o seu temperamento, o qual não tinha sido feito para a disputa política.

Tradicionalmente, a Casa da Rainha de França era constituída por cerca de 500 pessoas e ia da sua camareira-mor, a condessa de Noailles, até aos lacaios que viravam o colchão real porque era demasiado pesado para as mulheres, passando por numerosos criados e criadas que trabalhavam geralmente por turnos de quatro nos estábulos, na cozinha e nos aposentos privados. Hoje seria considerado um exagero, mas no século dezoito não. O séquito do rei era ainda maior, evidentemente. Porém, os séquitos dos seus irmãos mais novos e respectivas mulheres eram quase tão grandes como o da rainha. Geralmente, o sistema real, que tinha sido instituído muito antes da chegada de Maria Antonieta, era incrivelmente sumptuoso e havia muitas pessoas, principalmente nobres mas não só, que estavam muito interessadas em que assim continuasse.

A princesa de Lamballe foi nomeada superintendente da Casa da Rainha, quer dizer, com estatuto superior ao da condessa de Noailles e da duquesa de Cossé, camareira do guarda-roupa. Em teoria, era a restauração de um antigo cargo. Porém, como este cargo tinha sido abolido por ser demasiado poderoso, o seu reaparecimento marcou uma decisão infeliz por parte de uma rainha decidida a conceder a Lamballe «uma maior consideração pessoal». A princesa nem sequer desempenhava o seu novo cargo com diplomacia; interferia com o funcionamento do dia-a-dia, mas não enviava os convites para os banquetes, o que fazia parte das suas funções, dizendo que estava abaixo do seu estatuto de princesa de sangue real fazer tal coisa. As outras princesas de sangue tomaram isso como uma ofensa.

Ironicamente, a rainha, se bem que generosamente decidida a agradar à sua amiga, também estava a ficar farta dela. Estaria a princesa de Lamballe, com toda a sua devoção e a sua famosa sensibilidade, a tornar-se maçadora? Era evidente que não conseguia proporcionar o convívio divertido para o qual Maria Antonieta se começava a inclinar para compensar as outras deficiências da sua vida. A nova favorita, Yolanda de Polignac, tinha um carácter muito mais fascinante e sedutor. Pelas regras de Versalhes, o posto de superintendente não podia ser retirado e a princesa de Lamballe continuou desconsoladamente a atormentar Versalhes e a insistir em prerrogativas como levar o pequeno-almoço da rainha à cama, ao mesmo tempo que a amizade sentimental por parte de Maria Antonieta ia diminuindo gradualmente.

Yolanda de Polignac passou a ser, para o melhor e para o pior, o centro emocional do mundo de Maria Antonieta, passando a ser para ela o que Maria Carolina fora nos seus primeiros anos e a princesa de Lamballe por um período de tempo mais curto. Além disso, Yolanda fez com que todas as suas relações fizessem parte do novo círculo real e com que a sua vida familiar fosse, de facto, a vida da rainha.

Em termos da corte, 1775, que estava destinado a ser o ano da coroação de Luís XVI, também tinha guardadas algumas humilhações para a sua consorte. Em Dezembro, Maria Antonieta teve de dar à sua mãe a notícia que temia e pela qual esperava havia dois anos: a condessa d'Artois estava grávida.

Em Fevereiro, uma visita que devia ter trazido algum consolo à rainha tornou-se amarga por ter sido mal conduzida pelo conde Mercy. O arquiduque Max, irmão mais novo da rainha, decidiu fazer uma visita anónima a Versalhes. Um quadro pintado por Joseph Hauzinger para assinalar a ocasião mostra uma sombria Maria Antonieta, um melancólico Luís XVI e um complacente arquiduque, cuja corpulência com apenas dezoito anos já lhe merecia a alcunha de «Max Gordo». O casal real francês tinha razão para se sentir deprimido. O arquiduque não mostrou qualquer tacto no seu comportamento, a todos os níveis.

Ao polido francês de Maria Antonieta, insistia em responder em alemão. Depois, usava uniforme, algo que era expressamente proibido na corte de França e Mercy devia tê-lo avisado. Max era totalmente desajeitado, a tal ponto que espantou a França civilizada. Quando foi presenteado com um dos trabalhos de Buffon nos Jardins do Rei pelo próprio grande naturalista, pô-lo de lado, dizendo com indiferença que detestaria privar o autor do seu próprio livro. Tudo isto era, muito naturalmente, ouro sobre azul para os antiaustríacos da corte. A inabilidade do comportamento do arquiduque criou uma péssima impressão contribuindo, inevitavelmente, para o descrédito da rainha. Max deixou atrás de si o epíteto de «o Arqui-Estúpido».

Assim, não surpreendeu ninguém que, à medida que a coroação, planeada para meados de Junho, se aproximava, os esforços de Mercy para conseguir que a rainha fosse coroada em Reims, ao lado do marido, fossem gorados. Maurepas aconselhou o rei a resistir à pressão do embaixador, dando como desculpa a despesa da cerimónia dupla. Luís XVI não se fez rogado e aceitou de bom grado a decisão. Maria Antonieta mostrou-se indiferente. Iria acompanhar o marido e para tal encomendou um vestido magnífico a Rose Bertin, a nova costureira da moda. O traje do rei também era caríssimo. Como a coroa de Luís XV era demasiado pequena, foi feita especialmente uma nova, em ouro, pelo joalheiro da corte, Auguste, que custou 6000 libras e incluía rubis, esmeraldas, safiras e o «mais belo dos diamantes», o Regent.

O custo da elaboradíssima coroação já tinha sido posto em causa por Anne Robert Turgot, o novo controlador-geral das Finanças do Rei, nomeado em Agosto de 1774, que procurava sanear umas finanças desequilibradas desde a Guerra dos Sete Anos. O défice era de 22 milhões de libras e havia uma estimativa de mais 78 milhões. Turgot tencionava reformar o sistema de impostos com medidas que incluíam reduzir os privilégios fiscais da nobreza e liberalizar o mercado de cereais. Infelizmente, a colheita desastrosa de 1774 agravou o descontentamento com um sistema que desde o início fora mal recebido. Os preços dispararam e seguiram-se rumores de que eram mantidos altos por uma questão de lucro. Seguiu-se um violento protesto, sob a forma de sucessivos motins, que ficou conhecido como a «Guerra da Farinha», e que alcançou Versalhes a 2 de Maio.

Turgot tinha defendido uma coroação simples em Paris, o que teria dado a impressão de um rei coroado por aclamação popular com o duplo efeito de atrair mais comércio à capital. Talvez tenham sido os motins de Maio que levaram a que o rei e os seus conselheiros se decidissem pela segurança de Reims, longe da capital. Seja como for, a excursão do rei e da rainha, expondo-se aos olhares públicos longe de Versalhes e relativamente perto da fronteira nordeste, numa época em que o aparecimento físico da realeza era em geral um factor desconhecido, iria ter consequências nunca vistas nos anos seguintes.

O dia da coroação, 11 de Junho, amanheceu intensamente quente e a longa cerimónia foi esgotante. No entanto, Maria Antonieta ficou extremamente comovida com a ocasião. A concentração e a dignidade do marido fizeram-na chorar. O rei também tinha os olhos rasos de água, mas a emoção da rainha foi tão avassaladora que foi forçada a retirar-se durante algum tempo. Quando regressou, os olhos do casal real encontraram-se ternamente e o momento foi recebido aprovadoramente por todos: «O povo amou-a pelas suas lágrimas.»

* * *

O período da «Guerra da Farinha» foi a ocasião em que Maria Antonieta poderia ter proferido (se alguma vez o fez) a célebre frase «eles que comam bolos», mas a rainha preferiu, antes, lançar-se, numa carta escrita à sua mãe, numa reflexão sobre os deveres da realeza. O seu conteúdo é exactamente o oposto da frase rude e ignorante que geralmente lhe é atribuída. «É verdade», escreveu ela, «que ao ver o povo tratar-nos tão bem apesar do seu infortúnio, vemo-nos obrigadas, mais do que nunca, a trabalhar arduamente para a sua felicidade.» Esta era a verdadeira Maria Antonieta, de bom coração, a única entre os membros da família real francesa que se recusava a destruir sob os cascos dos cavalos as searas dos camponeses porque estava consciente da dificuldade das suas vidas.

De facto, a terrível frase já era conhecida um século antes, geralmente atribuída a uma princesa espanhola, Maria Teresa, noiva de Luís XIV, mas sob uma forma ligeiramente diferente: se não havia pão, o povo que comesse a crosta (*croûte*) do *pâté*. Rousseau menciona-a em 1737. Porém, a prova mais convincente da inocência de Maria Antonieta aparece nas memórias do conde de Provença, publicadas em 1823. Não sendo um guardião galante da reputação da cunhada, o conde diz que comer *pâté en croûte* lhe lembrava sempre a frase da sua antepassada, a rainha Maria Teresa. Resumindo, era uma piada real.

* * *

O difícil parto da condessa d'Artois teve lugar a 6 de Agosto de 1775. O resultado foi um grande e saudável rapaz.

Luís XVI concedeu-lhe imediatamente o título de duque d'Angoulême. Foi mais do que um golpe para Maria Antonieta; foi uma humilhação ritual porque, pelas regras da etiqueta, foi obrigada, como todos os outros cortesãos com Direito de Entrada, a presenciar o nascimento e a testemunhar os seus momentos mais íntimos. A rainha estava presente quando a condessa d'Artois, ao ouvir dizer que tinha feito mais do que dar à luz um simples bebé, que tinha dado à luz um varão, gritou para o marido: «Meu Deus, como eu estou feliz!»

Quando tudo acabou e depois de Maria Antonieta ter abraçado ternamente a cunhada, pôde, finalmente, retirar-se para os seus aposentos, mas teve de passar pela horda de vendedoras do mercado que, exercendo o seu direito tradicional de vaguear por Versalhes em ocasiões importantes do Estado, perseguiram a rainha, gritando: «Quando é que nos *dás* um herdeiro?» O comportamento de Maria Antonieta permaneceu calmo e digno e não mostrou qualquer mortificação, mas assim que chegou à segurança dos seus aposentos a rainha fechou-se à chave, apenas na companhia de Madame Campan, a primeira-dama da Câmara Real, e chorou amargamente.

No Outono de 1775 surgiu uma invasão de panfletos obscenos, satíricos e grosseiros, um fenómeno que Maria Antonieta se sentiu obrigada a relatar à mãe. «Ninguém foi poupado», escreveu ela, «nem sequer o rei.» Um panfleto em particular era perigosamente ofensivo: intitulado *Les Nouvelles de la Cour*, centrava-se no desespero da «triste rainha» com o refrão: «O rei consegue? Ou não consegue?» Os próprios versos eram bastante explícitos: supostamente, a princesa de Lamballe aliviava a frustração da rainha com os seus «pequenos dedos» e Maria Teresa aconselhava-lhe um amante.

As afirmações do conde Mercy sobre o assunto do casamento por consumar, feitas no fim do ano, foram muito menos indecentes do que os versos crus saídos a público, mas a mensagem era a mesma. «Apesar da sua brilhante posição neste momento», escreveu ele a Maria Teresa a 17 de Dezembro, a rainha nunca a consolidará enquanto não der um herdeiro ao Estado. Maria Antonieta tinha absoluta necessidade «de ser mãe para ser vista como francesa» por esta «nação frívola e petulante», que de outro modo aceitaria mal a sua influência.

* * *

Pelo menos em público, a rainha manteve sempre uma atitude «extremamente submissa» em relação ao marido. No entanto, começava a encarnar o que Maria Teresa apelidava iradamente de «espírito de dissipação», tanto de noite como de dia. A pena da imperatriz não perdera nenhuma da sua acidez ao longo dos anos. Em que consistia esta «dissipação»? Parte dela era praticamente inofensiva. A rainha passara a gostar de andar a cavalo no Bosque de Bolonha escoltada por Filipe, duque de Chartres, primo do marido (e seu).

Mais perigosa era a sua crescente paixão pelos diversos jogos de cartas em que a corte passava o tempo. Nisto, Maria Antonieta e a corte de França não eram excepção. Na anterior geração, tanto o pai como a mãe da rainha adoravam jogar. Infelizmente, as partidas tardias tinham dois efeitos particulares; mantinham-na afastada do rei adormecido, provavelmente de propósito, e contribuíam para os seus problemas financeiros. Em Janeiro de 1778, o conde Mercy afirmou que a rainha andava tão tensa que já não se interessava pelas obras de caridade que tanto amava.

Com a questão da intimidade física do seu casamento por resolver, seria natural que Maria Antonieta sentisse estranheza, se não mesmo repulsa, por todo o processo sexual. Madame Campan classificou de «extrema» a modéstia pessoal da rainha. Maria Antonieta, compreensivelmente, gostava dos admiradores que a cortejavam sem demasiada insistência, quer o fizessem por respeito ou porque, de facto, estavam romanticamente comprometidos com outra pessoa. Com o conde Fersen, o belo e jovem aristocrata sueco, longe de França (se os seus breves encontros fossem recordados por ambos), era a galanteria dos homens mais velhos que mantinha a autoconfiança da rainha e lhe permitia dar vazão ao seu gosto pelos namoricos inofensivos.

A castidade inata da rainha não significava que não cometia faltas, apenas que não era dada à promiscuidade sexual que lhe seria geralmente atribuída no futuro por aqueles que não a conheciam. Os seus divertimentos começavam a ter algo de desesperado, passava de um para o outro com demasiada rapidez. A volubilidade, a leveza de espírito, a inconstância, a qualidade a que os franceses chamam *légèreté*, a que Maria Antonieta é associada na mente popular remonta a este período, época em que o desapontamento em relação ao seu casamento começou a esconder-se por detrás dos divertimentos que a sua posição lhe permitia.

Nesta altura, porém, os ataques satíricos não eram mais do que um desagradável duche de água fria. Maria Antonieta só tinha duas alternativas: chorar ou rir de desdém. De facto, fazia as duas coisas. As lágrimas eram provocadas pela grande injustiça de tudo aquilo – «aqueles miseráveis folhetos», como ela lhes chamava quando escrevia a Maria Teresa. A rainha chegou a cantar o refrão de *Les Nouvelles de la Cour*, o ataque obsceno à impotência do rei, num esforço para demonstrar uma indiferença sofisticada.

Quando a sua falta de seriedade se tornou alvo dos *libelles* anónimos, Maria Antonieta achou que os poetas satíricos não eram para ser levados a sério, abrindo a porta a um mal-entendido perigoso.

De facto, os *libelles* e as gazetas, ao mesmo tempo que inventavam livremente sobre a sua conduta licenciosa, eram mais sérios em relação aos seus exageros no que dizia respeito à moda. Maria Teresa ficou indignada quando leu sobre os seus penteados. Quase um metro de altura e cheios de plumas e fitas! «Uma rainha jovem e bonita, cheia de encantos como ela, não precisa dessas tolices», disse a imperatriz, fulminante.

No entanto, podia-se argumentar que um dos deveres da rainha de França – o centro do mundo da moda, e com fortes razões comerciais para continuar a sê-lo – era fazer com que as modas florescessem, liderando-as. Maria Antonieta tornara tão populares as plumas que tanto irritavam a imperatriz austríaca, que o seu comércio se tornara extremamente lucrativo.

Em termos práticos, Paris era uma cidade que dependia do apoio financeiro dos nobres e dos ricos para manter as suas indústrias, as quais, de uma maneira geral, se dedicavam ao luxo. Para os estrangeiros, a moda fazia parte da maneira de ser de Paris; Thomas Jefferson escreveu artigos para a revista *Cabinet des Modes* e enviou gravuras para senhoras suas conhecidas na América. Como observou a baronesa d'Oberkirch na sua primeira visita à capital francesa, a cidade afundar-se-ia sem o seu comércio de luxo. Num país onde os pormenores da aparência, do vestuário e da apresentação eram «assuntos vitais», Maria Antonieta era a consorte ideal.

Era a extravagância pessoal de Maria Antonieta que era criticada, não o seu gosto pela moda. A relação da rainha com a imaginativa, talentosa e extremamente dominadora costureira Rose Bertin era uma união mágica ou uma *folie à deux*, dependendo do ponto de vista. Mademoiselle Bertin dava ordens ao alfaiate e recebia em troca um modelo simples e sem adornos, sobre o qual deixava voar a sua fértil imaginação. Contra o espectáculo de uma rainha sofisticadamente vestida, ela própria uma verdadeira obra de arte – arte francesa – era preciso pôr na balança as crescentes contas dos vestidos, que nunca eram suficientes.

Cerca de oito anos mais velha do que Maria Antonieta, Bertin entrou na corte pela mão da duquesa de Chartres e recebeu rapidamente a alcunha de «Ministra da Moda». Estima-se que a costureira visitava a rainha duas vezes por semana e era recebida nos aposentos privados da soberana, mas o famoso cabeleireiro Léonard, porém, só ia a Versalhes uma vez por semana, aos domingos, deixando o trabalho diário a cargo de outros, incluindo o seu assistente, conhecido como «*le beau Julian*», mas apenas porque o seu salão de Paris estava sempre demasiado ocupado durante a semana, não por uma questão de economia. A chegada triunfal do bem-humorado e espirituoso gascão, extremamente inteligente e com o temperamento de uma diva, foi descrita por Madame de Genlis: «Léonard chegou, viu e foi rei.»

Quanto a Bertin, não ajudou nada o facto de a costureira não se ter dado ao trabalho de apresentar contas detalhadas, como se queixou uma das camareiras de Maria Antonieta, a condessa d'Ossun. No entanto, as sucessivas «Camareiras do Guarda-Roupa» nem sempre foram contabilistas competentes, apesar de, supostamente, um dos seus deveres ser o controlo das contas reais.

Nos finais de 1776, a rainha, que tinha uma mesada de 150 mil libras para roupa, tinha assumido compromissos na ordem das 500 mil. Seis meses antes tinha comprado um par de brincos de diamantes – parte a crédito e parte em troca de algumas das suas próprias jóias – ao famoso joalheiro suíço Boehmer. Segundo Mercy, o rei abriu os cordões à bolsa «mal ela abriu a boca» e quando Maria Antonieta comprou um par de pulseiras de diamantes que custavam 400 mil libras, teve de pedir dinheiro emprestado ao rei, que não se queixou.

Para completar o quadro, deve ser dito que toda a família real era prodigiosamente extravagante, gastava o que tinha e o que não tinha, incluindo as piedosas tias, capazes de gastar 3 milhões de libras numa viagem de seis semanas às águas de Vichy. Depois temos o conde d'Artois, um estouvado cujas contas eram regularmente pagas pelo irmão mais velho e que atingiram o montante de 21 milhões de libras. A condessa de Provença, esquecida da sua modesta juventude na Sabóia, também começou a gastar à larga. Quanto ao conde de Provença, Luís XVI ter-lhe-á pago, nos primeiros anos da década de oitenta, cerca de 10 milhões de libras de dívidas.

Do mesmo modo, a Casa da Rainha, escudada em costumes imemoriais, tinha atingido níveis de extravagância extraordinários; contas de quatro novos pares de sapatos por semana, três metros de fita diariamente para atar o roupão real (quer dizer, fitas novas todos os dias) e dois metros de tafetá verde novinhos em folha para cobrir o cesto onde repousavam o leque e as luvas reais. E estes eram apenas gastos insignificantes. O extraordinário contingente de trajes novos encomendados anualmente – doze vestidos de cerimónia, doze fatos de montar, etc., etc., – era, em parte, explicado pelos privilégios das damas da Casa da Rainha, que ficavam com eles depois de usados uma única vez e postos de parte. Típico deste estado de coisas era o facto de se encomendar todas as noites uma galinha, que era depois vendida pelos criados, só porque Maria Antonieta tinha, numa única ocasião, pedido galinha para o seu cão.

Apesar de todas estas circunstâncias atenuantes, a impressão dada por Maria Antonieta era a de alguém para quem as compras, assim como o jogo, se tinham tornado uma espécie de compensação.

A rainha tinha uma paixão pelo seu novo Jardin Anglais – o estilo inglês do século dezoito era muito menos formal e mais imaginativo do que o francês do século dezassete. Este jardim ornamentava o pequeno palácio ligado a Versalhes, conhecido como Petit Trianon. Maria Antonieta havia muito que desejava um retiro campestre, algo a que se acostumara na infância e lançou-se na criação de um paraíso rústico que talvez lhe fizesse lembrar o Éden perdido de Laxenburg.

Nos séculos posteriores, o envolvimento de Maria Antonieta com a sua «casa de recreio» seria objecto de más interpretações, ao nível da sua alegada frase sobre os bolos. Ter-se-á sugerido, por exemplo, que, depois de o ter mandado ela própria construir, o terá forrado de «ouro e diamantes». O Trianon fora, na realidade, construído no reinado anterior e a beleza do seu interior residia, precisamente, na sua elegante simplicidade.

Evidentemente, foi fácil, depois, contrapor estas dispendiosas actividades à situação financeira cada vez pior do país. Turgot, o controlador-geral, foi despedido em Maio de 1776 visto que o rei e os outros ministros se sentiam cada vez mais melindrados com as reformas, alegando que representavam uma usurpação da autoridade real.

Turgot também não tencionava apoiar a participação francesa na luta americana pela independência. Esta intervenção no outro lado do mundo era uma ideia brilhante de Vergennes, que a via em termos da tradicional hostilidade entre a França e a Inglaterra: o que é mau para a Inglaterra (quer dizer, a revolta americana) é bom para a França. De facto, a despesa monstruosa de enviar milhares de soldados e centenas de navios para o Novo Mundo mergulhou ainda mais o governo na espiral vertiginosa do défice, tal como Turgot predissera.

Finalmente, no dia 18 de Abril de 1777, o imperador José chegou a França com a missão de salvar o casamento real. Maria Antonieta ficou apreensiva com a chegada do irmão, mas por outro lado estava cheia de saudades de casa, particularmente do «augusto» irmão mais velho que «amava ternamente», nas palavras de Mercy.

O imperador, ou antes o «conde Falkenstein», nome sob o qual viajava incógnito, chegou vestido simplesmente de cinzento e sem nenhuma das suas muitas medalhas. Chovia a cântaros. Numa carruagem aberta, sem escolta, José estava molhado até aos ossos, mas não se queixou. No dia seguinte partiu para Versalhes, vestido com a mesma simplicidade. O conde Mercy, seu embaixador, não podia, porém, acompanhá-lo como exigia o protocolo; o desafortunado conde estava com um ataque de hemorróidas. A sua ausência teve o efeito de aprofundar a intimidade de que o rei, a rainha e o «conde Falkenstein» gozaram nas seis semanas seguintes. José insistiu em ficar alojado numa hospedaria de Versalhes, onde dormia embrulhado numa pele de lobo.

A determinação de José II em não se querer ver envolvido em perdas de tempo e rituais caríssimos em Versalhes significava que estava pronto a gozar o melhor da vida informal da rainha – e do rei. A sua relação com Maria Antonieta começou com um longo abraço silencioso. Mais tarde, no dia 22 de Abril, levou-a para um longo passeio pelos jardins do Petit Trianon, onde jantaram servidos apenas por duas damas. Então, a rainha ouviu o primeiro sermão, cujos tópicos incluíam a má escolha das suas amigas e a sua paixão pelo jogo, assim como a sua falta de interesse pelo rei.

Em muitos aspectos, o imperador não aboliu a aspereza natural do seu tom. A sua troça por causa do uso de *rouge* por parte da rainha destinava-se a mostrar o seu total desprezo pelo modo de vida de Versalhes: «Mais um pouco!», exclamou ele sarcasticamente. «Vamos, ponde também por baixo dos olhos e do nariz, podeis parecer-vos com uma das Fúrias[1], se quiserdes.» A sua reacção a um dos penteados da rainha foi ainda pior. O imperador disse secamente à irmã que achava aquela fabulosa criação emplumada «demasiado leve para suportar o fardo de uma coroa».

O que tornou tudo isto suportável, sob o ponto de vista de Maria Antonieta, foi a ternura genuína que José demonstrou por ela, ternura essa que não encontrava na mãe. Como Mercy disse à imperatriz, José tinha tocado no ponto exacto, conseguindo que a rainha prometesse emendar-se.

As «Reflexões» deixadas pelo imperador à irmã, escritas no dia anterior à sua partida, a 31 de Maio, são extremamente duras. «Que estais a fazer em França?», escreveu o imperador, «Por que razão hão-de respeitar-vos, honrar-vos, senão como companheira do rei?» A lista enumera as suas faltas, extensa e implacavelmente, começando pela sua falta de «ternura e atenção» para com o marido quando na sua presença. Não se mostrava ela «fria, aborrecida, desagradada até»? A sua ida aos bailes da Ópera, em Paris, ou às corridas no Bois, em vez de um programa sólido de leitura séria. O imperador continua, culminando da seguinte maneira: «Chegou a hora – já não é sem tempo – de reflectirdes e de construirdes uma vida melhor. Já não tendes a desculpa da juventude, estais a ficar menos viçosa [Maria Antonieta tinha vinte e um anos]. Que vai ser de vós? Uma mulher infeliz e uma princesa ainda mais infeliz.»

A razão pela qual a rainha aceitou tudo, agradecida, depois de ler vezes sem conta as «Reflexões», foi porque acre-

---

[1] Da mitologia grega. (*N. dos T.*)

ditou, finalmente – e continuaria a acreditar – que gozava da protecção e compreensão do irmão. Tão importantes como as críticas feitas a Maria Antonieta, ou mais ainda, foram as conversas íntimas com Luís XVI. À chegada, José tinha achado Luís um homem «fraco, mas não imbecil». Infelizmente havia «algo de apático no seu corpo e na sua mente» e decidiu abordar o assunto da maneira mais delicada possível. No dia 24 de Maio, o Diário do Rei registava: «Dei um passeio a pé com o imperador.» Cinco dias depois, novo passeio, apenas os dois. O que o imperador disse ao cunhado nestas duas ocasiões cruciais só pode ser deduzido, mas é evidente que lhe falou dos «Factos da Vida de Um Rei», mais do que dos «Factos da Vida».

Foi assim, graças às palavras sinceras do imperador, que Luís XVI deixou, finalmente, de ser apenas «dois terços de marido» para Maria Antonieta, sete anos e três meses após o seu casamento. A natureza da intervenção do imperador neste caso sensível e até então insolúvel foi crucial, porque tanto o rei como a rainha escreveram a José II agradecendo-lhe e «atribuindo» a consumação aos seus conselhos.

O que o imperador chamou de «grande tarefa» foi alcançado pouco antes do vigésimo terceiro aniversário do rei. No dia 30 de Agosto, feliz, em êxtase, a rainha escreveu à mãe para lhe falar da sua grande alegria – «a maior felicidade de toda a minha vida» – iniciada oito dias antes. Esta «prova» do amor do rei tinha-se repetido e «até de maneira mais completa do que na primeira vez». Há algo de comovedor neste primeiro instinto de Maria Antonieta enviar um correio especial a Maria Teresa. A rainha tinha-se retraído nos primeiros dias por razões de segurança e para poder ter a certeza absoluta.

Já nada a ameaçava, nem sequer a terceira gravidez da condessa d'Artois em dois anos e meio. A rainha tinha em mente mandar construir um Templo do Amor nos terrenos do Petit Trianon. Dadas as circunstâncias, era um bom augúrio para o futuro.

* * *

A morte do eleitor Maximiliano José da Baviera, aos cinquenta anos, no dia 30 de Dezembro de 1777, provocou uma crise na Europa que confrontou Maria Antonieta com o seu primeiro teste político. Por ocasião da partilha da Polónia, em 1772, era apenas a delfina, e o possível conflito tinha sido sanado entre Luís XV e a Áustria. Agora, a Habsburgo «adormecida» estava vigorosamente interessada na aliança feita tantos anos antes, da qual ela era o penhor visível.

O herdeiro de Maximiliano José era um primo afastado, o eleitor Carlos Teodoro do Palatinado, e José II já tinha começado a negociar com ele de modo a proteger os territórios da Baviera, possivelmente em troca dos territórios austríacos na Bélgica. O imperador colocou também em jogo a sua pretensão a certas terras da sua falecida mulher, a imperatriz Josefa, uma antiga princesa bávara.

Esta tendência hegemónica de José II já tinha sido denunciada por Vergennes alguns anos antes. Tanto por temperamento como pelos conselhos que recebera, Luís XVI concordava com ele. Qual seria, por exemplo, a reacção de Frederico II da Prússia e do eleitor da Saxónia a qualquer agressão às suas próprias fronteiras? Porque era evidente que a intenção do imperador era edificar o seu próprio bloco de poder à custa destes dois países. A reputação da França na Alemanha, oposta à da Áustria, não podia, simplesmente, ser ignorada.

A 15 de Janeiro de 1778, o imperador entrou em acção, ordenando a entrada de 15 mil soldados austríacos na Baixa Baviera. Previsivelmente, Frederico II ameaçou invadir a Boémia se José II não abandonasse imediatamente aquela região. A conflagração crescia e desencadear-se-ia em breve. Porém, seria necessariamente universal? Iria a França enviar tropas para ajudar a Áustria? Instruída pelo conde Mercy, Maria Antonieta pediu ao marido que cumprisse as suas obrigações de acordo com o tratado.

A sua intercessão não teve sucesso. Supostamente, a rainha falou «acaloradamente» ao rei, ao mesmo tempo que deixava cair as lágrimas pelas faces, mas sem resultado. Luís XVI fez referência à «ambição da vossa família», que preocupava a Europa; primeiro a Polónia e depois a Baviera. Quanto à aliança, a França achava que não tinha obrigação de ajudar a Áustria em territórios recentemente anexados.

Maria Antonieta ficou extremamente zangada com o assunto. O seu mau humor é compreensível. Primeiro, os verdadeiros limites da sua influência tinham ficado expostos. Ser vista como manipuladora em questões de política não era bom, mas ser vista como manipuladora malsucedida era ainda pior. Segundo, tinha-se revelado publicamente como pró-austríaca e antifrancesa.

Foi neste momento que a Providência veio, finalmente, em ajuda de Maria Antonieta. No dia 11 de Abril, a rainha suspeitou – com uma alegria desmedida – que podia estar grávida e oito dias mais tarde atreveu-se a dar a notícia à imperatriz, acrescentando que só teria a certeza no início do mês seguinte. No entanto, assegurava à mãe que estava de excelente saúde; comia bem e dormia melhor, tudo melhor do que antes – e que, evidentemente, não andaria de carruagem. As suas expedições estavam limitadas a pequenos passeios a pé.

A maneira escolhida para dar publicamente a notícia foi característica de Maria Antonieta. Em meados de Maio, a rainha pediu ao rei 12 mil francos para ajudar os que estavam na prisão de Paris por dívidas. Estes homens, porém, não eram simples caloteiros, estavam presos por não terem pago às amas-de-leite dos seus filhos. Infelizmente, esta demonstração de compaixão não lhe trouxe a simpatia dos panfletos satíricos. Tendo feito dinheiro à custa da impotência do rei, os seus autores não estavam dispostos a desistir do seu comércio escatológico só porque as condições se tinham alterado e sugeriram vários pais possíveis para o bebé que vinha a caminho, entre eles o duque de Coigny e, mais desagradavelmente ainda, o conde d'Artois. Como a gravidez prosseguisse saudavelmente, a rainha, no cúmulo da felicidade, continuou indiferente a tais manifestações.

* * *

No fim do mês de Maio, Maria Antonieta declarou que estava a ficar «incrivelmente gorda» e no mês seguinte vangloriou-se de ter alargado mais de dez centímetros, especialmente nas ancas. Em meados de Agosto, estava maior do que o normal numa gravidez de cinco meses. O Verão estava a ser intensamente quente e Madame Campan descreveu como a rainha encontrava alívio na frescura do ar nocturno, fazendo passeios diários como tinha prometido a Maria Teresa. Rose Bertin e outras costureiras responderam à nova situação com ornamentos de gaze e de seda com as cores leves de que a rainha gostava: azul-claro, turquesa e amarelo suave.

A 25 de Agosto, Maria Antonieta reconheceu, entre as muitas pessoas que lhe estavam a ser apresentadas, o belo rosto do conde Fersen, visto pela última vez quatro anos e meio antes, no fim do reinado do velho rei, e que tinha regressado recentemente a França vindo da Suécia. O jovem fidalgo não tinha conseguido persuadir a herdeira inglesa a casar com ele. A jovem dama não queria abandonar a família para ir para um país estrangeiro.

A rainha perguntou-lhe por que razão não tinha aparecido nas suas habituais tardes de domingo para jogar às cartas e divertir-se. Ao ouvir que Fersen tinha feito isso mesmo, mas que não tinha encontrado ninguém naquele domingo, Maria Antonieta pediu-lhe desculpa. A imediata predilecção de Maria Antonieta por Fersen em 1778 é evidente – mais um estrangeiro galante e bem-parecido para o seu círculo. A admiração do jovem sueco por ela, relatada abertamente em cartas escritas ao seu pai, é igualmente óbvia. Porém, o seu comentário aponta eloquentemente para a verdadeira preocupação da rainha na ocasião: «A sua gravidez avança e a sua condição é extremamente visível.»

* * *

As *douleurs* da rainha, a expressiva palavra em francês para as dores de parto, começaram na manhã de 19 de Dezembro de 1778. Maria Antonieta tinha ido para a cama às onze horas da noite sem qualquer sinal de que o bebé queria nascer, mas pouco depois da meia-noite começou a sentir as primeiras dores e tocou a campainha à uma e meia da manhã. Como superintendente, a princesa de Lamballe tinha o direito de ser imediatamente informada, tal como aqueles que tinham o privilégio de estar presentes. Às três horas, o príncipe de Chimay foi chamar o rei.

Nunca a etiqueta de Versalhes se mostrou tão vital. Era dever da princesa de Lamballe dar pessoalmente a notícia aos membros da família real, príncipes e princesas de sangue presentes em Versalhes e por escrito a todos os outros. Ao mesmo tempo que eram feitas estas diligências, começaram a ouvir-se passos apressados e desorganizados em direcção aos aposentos da rainha no momento em que foi ouvido o grito do *accoucheur* real: «A rainha entrou em trabalho de parto.» Estes mirones ávidos – porque não eram outra coisa – ficavam confinados às divisões exteriores, como a galeria, mas no meio do pandemónio vários deles conseguiram entrar, incluindo um casal da Sabóia, que foi descoberto empoleirado para poder ter uma boa visão.

IV

Por volta das oito horas da manhã, a rainha ainda podia andar. Finalmente, foi para a pequena cama branca de partos do seu quarto para dar à luz. À sua volta, para além do rei, estavam a família real, os príncipes e princesas de sangue e os «privilegiados», incluindo Yolanda de Polignac. Na Grande Câmara estavam os membros da Casa da Rainha, da Casa do Rei e os que tinham Direito de Entrada. Ao longo do processo, Luís XVI manteve-se sempre prestável e prático. Foi ele, por exemplo, que insistiu que os enormes cortinados que rodeavam a cama fossem atados com cordas; de outro modo talvez tivessem caído em cima da infeliz rainha.

O bebé nasceu pouco antes das onze e meia da manhã, uma minúscula Maria Teresa.

O rei terá ficado desapontado? Na ocasião o seu diário não o regista – apenas a sua presença na cerimónia de vestir o bebé na Grande Câmara –, mas na época os seus sentimentos estavam praticamente ausentes dos seus escritos.

O bebé, Madame Fille du Roi, foi entregue à princesa de Guéméné, que tinha as funções de preceptora dos Filhos de França. Quanto à rainha, teve um ataque convulsivo e desmaiou. A quantidade de pessoas e a falta de ar fresco no quarto, cujas janelas tinham sido seladas por causa do frio, foi demasiado após doze horas em trabalho de parto. Provavelmente, Maria Antonieta também deve ter sofrido alguns danos físicos e uma hemorragia. O seu *accoucheur* tinha sido escolhido mais pelas suas ligações do que pela sua competência profissional.

Durante algum tempo ninguém pareceu ter reparado no seu desfalecimento. As pessoas eram tantas e o barulho era tal que, nas palavras de Madame Campan, «mais parecia estar-se num lugar de divertimento público». Quando a inanição da rainha foi finalmente notada, alguns homens fortes arrancaram os taipais das janelas e o ar gelado de Inverno entrou na câmara, salvando-a.

Quanto às verdadeiras implicações do sexo da criança – a necessidade de tentar novamente o mais depressa possível – foram resumidas para a rainha e para muitas outras pessoas numa cançoneta popular:

> À nossa Rainha pedimos um Delfim,
> Uma Princesa anuncia a sua chegada;
> Uma das Graças foi concedida
> O jovem Cupido proclama a sua alvorada.

Para Maria Antonieta, com a sua paixão por crianças em teoria e na prática, o nascimento de uma filha excepcionalmente robusta e saudável não era a «desgraça doméstica» proclamada por Viena.

A rainha não esteve presente no baptizado imediato da criança. Maria Antonieta foi poupada ao incidente provocado pelo malicioso conde de Provença ao protestar perante o arcebispo oficiante que «o nome e qualidade» dos pais não tinham sido indicados formalmente, de acordo com os rituais do sacramento do baptismo. Escondendo-se por detrás da interpretação correcta dos procedimentos, o conde aludia impertinentemente às suspeitas sobre a paternidade do bebé levantadas pelos *libelles*. A alusão não passou despercebida aos cortesãos presentes.

Em Abril de 1779, a imperatriz, que exigia energicamente uma «companhia» para Maria Teresa, recebeu a desagradável notícia de que o sarampo tinha atingido gravemente Maria Antonieta. Como o rei nunca tinha tido a doença, a rainha decidiu retirar-se por um período de três semanas de quarentena para o Petit Trianon. Algumas damas vieram de Paris para lhe fazer companhia. Até aí, tudo bem; o conde Mercy não tinha nada que explicar à imperatriz.

Mais difícil de desculpar foi o comportamento ostensivamente quixotesco de quatro membros masculinos do círculo da rainha, que decidiram vigiar a convalescença da sua suserana, quais escudeiros medievais. Com a princesa de Lamballe e a condessa de Provença como membros da alegre companhia, a brincadeira foi mais um folguedo inocente do que algo mais sinistro. Uma pergunta percorreu a corte: se o rei tivesse sarampo também teria a companhia de quatro damas?

De facto, o rei não apanhou sarampo e teve saudades da rainha. A sua relação aprofundara-se nitidamente desde o nascimento da primeira filha. Vendo que três semanas era demasiado tempo para estar longe da mulher, Luís XVI, num gesto romântico, esteve quinze minutos num pátio privado do Petit Trianon a falar com a rainha debruçada de uma janela. Ninguém teve permissão para estar presente durante este encontro comovedor, mas mais tarde soube-se que tinham sido trocadas palavras ternas entre os dois.

Um outro obstáculo, a questão da sucessão da Baviera que dividia o rei e a rainha, foi retirado quando a invasão militar chegou ao fim. A Paz de Teschen, a 13 de Maio de 1779, não deu a todas as potências tudo o que queriam, mas todas elas receberam alguma coisa.

Subsequentemente, Vergennes exultou com a questão num memorando enviado ao seu soberano: «Vossa Majestade evitou que a Casa de Áustria se apoderasse de outros domínios, fortaleceu a influência da França na Alemanha e a harmonia com a Prússia.»

No entanto, à medida que a data do primeiro aniversário de Maria Teresa, Madame Fille du Roi, se aproximava, as preocupações de Maria Antonieta não eram políticas. A sua principal alegria era o desenvolvimento precoce da sua filha. A pequena princesa tinha os grandes olhos azuis e a tez saudável, atributos que são motivo de admiração nos bebés. Além do mais era alta e forte, já se apoiava no seu carrinho de vime aos oito meses e já gritava: «Papá, Papá.»

As aparentemente intermináveis cartas oficiais de congratulações que a rainha de França tinha de escrever ao rei de Inglaterra sobre os frequentes partos da sua mulher podiam, finalmente, ter uma nota de alegria. Em Dezembro de 1777, o nascimento da princesa Sofia foi recebido com «interesse sincero», mas o do príncipe Octávio, pouco depois do de Maria Teresa, foi recebido com «verdadeira satisfação».

No que dizia respeito à realeza, Maria Antonieta deixara de ser a estranha – infértil – carta fora do baralho.

* * *

Na Primavera de 1780, a visita de umas amigas de infância de Maria Antonieta, as princesas de Hesse, permitiu à rainha demonstrar de maneira elegante o estilo que estava a começar a desenvolver na sua vida privada. Tal como o resto da Europa, incluindo a realeza, Maria Antonieta acreditava cada vez mais no direito a uma certa privacidade. O contraste entre os magníficos salões oficiais e o conjunto de pequenos gabinetes ou quartos privados por detrás deles (que chocam tanto os modernos visitantes de Versalhes) representavam um abismo entre dois mundos.

Os prazeres desta privacidade incluíam os seus jardins que começavam a florir, a introdução de representações teatrais privadas e, sempre que possível, a adopção de roupas mais simples em vez dos rígidos vestidos de cerimónia com as suas pesadas armações e as suas caudas. Foi mais ou menos por esta época que Maria Antonieta, abandonando a tradicional maquilhagem pesada, começou a usar os seus clássicos vestidos de musselina branca. Com um chapéu de palha a condizer, esta imagem de Maria Antonieta foi imortalizada, em 1783, pelo pincel de Madame Vigée Le Brun.

O Livro do Guarda-Roupa da Rainha era-lhe apresentado diariamente pela sua camareira, juntamente com uma almofada de alfinetes. Maria Antonieta espetava-os no livro para indicar a sua escolha. O Livro do Guarda-Roupa de 1782 ainda hoje existe. Cada traje está classificado e acompanhado de uma minúscula amostra de tecido e existem exemplos de trajes de cerimónia em vários tons de cor-de-rosa, cinzento-escuro às riscas e veludo turquesa também às riscas para a Páscoa, mas o que é notável é a preponderância de amostras de roupas menos formais em cores diversas, desde o cinzento e o azul-claro ao castanho-avermelhado e ao azul-escuro, por vezes com pequenos raminhos de flores bordados entre as riscas. Numa das amostras de tecido, fornecida por Barbier, o famoso mercador de sedas, vê-se a flor preferida da rainha, a centáurea azul, bordada no tecido creme às riscas onduladas.

Os vestidos de musselina acrescentavam a simplicidade do tecido à simplicidade do corte. Originalmente importados para França pelas damas crioulas das Índias Ocidentais, satisfaziam a ideia romântica de Maria Antonieta de uma vida mais simples. Mais uma vez, a rainha não introduzia novidades na moda, fluía instintivamente com ela. O vestuário estava a simplificar-se por toda a Europa (tal como os penteados).

Foi o mesmo instinto que levou Maria Antonieta, com um grupo de cortesãos (mas não com o rei), a visitar o túmulo de Rousseau. Os presentes admiraram o bom gosto, a simplicidade e o suave romantismo melancólico do local sem, na opinião do sardónico barão Grimm, um pensamento sequer para a memória do homem. No entanto, todos eles, incluindo Maria Antonieta, estavam a ser influenciados pelas suas ideias.

De acordo com o novo estilo da rainha, as princesas de Hesse chegaram num grande grupo familiar, pois a sua visita estava relacionada com um processo judicial em Paris. A rainha tratou imediatamente de envolver as amigas nas suas actividades preferidas. Na noite da sua chegada, a «querida princesa» Carlota foi convidada para o camarote da rainha por ocasião de uma representação teatral em Versalhes. «Peço-vos que não venhais em traje de cerimónia.»

Maria Antonieta convidou a princesa Luísa, o marido desta e o cunhado para verem o jardim do Petit Trianon: «Está tão bonito que não resisto a mostrar-vo-lo.» Seguiu--se o aviso: «Estarei sozinha, por isso não venhais em traje de cerimónia. Vestido campestre e os homens de casaca.» Uma nota para a princesa Carlota, avisando-a de que a iria buscar para irem dar um passeio na floresta, novamente com o mesmo aviso: «Não venhais em traje de cerimónia e não useis grandes chapéus porque a carruagem é apenas uma caleche.»

A rainha interessou-se pessoalmente pela transformação dos jardins do Petit Trianon. Uma série de pequenos modelos foram produzidos pelo escultor Deschamps para a rainha inspeccionar. Antes que a rainha ficasse satisfeita, foram precisos catorze. Em Choisy, Maria Antonieta saciava a sua «verdadeira paixão» por flores. Em particular, a rainha gostava especialmente de pintar as *rose-modèles* que posavam para ela ao longo de um grande gradeamento de ripas brancas cruzadas de cerca de três metros de comprimento, onde cresciam as suas espécies favoritas. Apropriadamente, o jovem Pierre Joseph Redouté, que partilhava o seu amor pelas rosas, seria nomeado seu desenhador oficial em 1787.

O teatro, incluindo a ópera e o bailado, sempre tinha sido uma obsessão. Madame Campan deixou escrito que Maria Antonieta estava sempre ansiosa por saber notícias das últimas peças e dos actores durante a sua *toilette*. Em Paris, claro, tinha camarotes na Opéra, na Comédie Française e na Comédie Italienne (mais tarde a Opéra Comique), cujas instalações incluíam mesinhas de toucador.

As representações amadoras também faziam parte da tradição da corte no século dezoito. No Verão de 1780, Maria Antonieta passou de desempenhos menores nos seus próprios aposentos para algo mais ambicioso. No dia 1 de Junho foi inaugurado um novo teatro em Versalhes, junto ao Petit Trianon. Desenhado por Richard Mique, o palco era decorado nos tons de azul e dourado, com veludo azul, *moiré* também azul e pasta de cartão a simular mármore. A participação activa na representação teatral era um grande privilégio e até um convite para ver a peça era visto como sinal de aceitação.

Significativamente, os papéis escolhidos por Maria Antonieta não tinham nada que ver com o seu desempenho diário em Versalhes, sempre magnificamente vestida. A rainha gostava de interpretar papéis de pastora, camponesa e criada de quarto, ao mesmo tempo que Artois fazia de guarda de caça e de criado.

Na Primavera de 1780, Maria Antonieta perdeu o membro do seu séquito pelo qual tinha um reconhecido *penchant*, o conde Fersen. O fidalgo sueco tinha, finalmente, conseguido ir para a guerra americana como ajudante-de-campo do general francês Rochambeau. No que respeita a esta fase particular da relação entre Maria Antonieta e Fersen – a primeira verdadeira fase –, é importante ter em atenção o que realmente aconteceu. O embaixador sueco, num relatório para o seu rei em Abril de 1799, escreveu sobre a «inclinação» da rainha por Fersen: «Confesso que não posso deixar de acreditar... Vi sinais demasiado evidentes para poder duvidar.» A rainha tinha olhado para ele tão «favoravelmente» que várias pessoas se tinham sentido ofendidas.

Uma fraqueza por um homem novo e bem-parecido é, no entanto, muito diferente de uma ligação adúltera, especialmente quando essa fraqueza implicava um favorecimento que, inevitavelmente, afastaria Fersen e o levaria para a América. Com vinte e cinco anos de idade, o objectivo de Fersen era suficientemente claro. Colocando em primeiro lugar a sua carreira militar, queria fazer parte do apoio francês à independência do Novo Mundo.

É evidente que Fersen colocava a sua necessidade de acção acima da sua necessidade de casar com uma herdeira. À parte isso, porém, estava perfeitamente seduzido pela rainha – especialmente porque ela estava a ser extremamente prestável. As cartas ingénuas sobre o assunto ao seu pai na Suécia são a melhor prova de que a relação entre ambos não atingiu um nível mais profundo. «Ela é uma princesa encantadora», dizia ele numa das suas cartas, nos mesmos termos que usara dois anos antes, acrescentando: «Sempre me tratou com muita bondade.»

Na sua ansiedade por partir, Fersen também sentiria que estava a ficar demasiado envolvido pelo séquito da rainha – e pelo afecto de Maria Antonieta? É possível. Esta, por outro lado, parece que chorou quando Fersen partiu, tendo-o convidado para uma série de jantares nas semanas anteriores.

Como aquela era a corte de França e pela primeira vez não havia nenhuma amante real, fizeram-se esforços esporádicos para colocar outras mulheres no caminho do rei. Este tornou a sua posição muito clara: «Toda a gente gostaria que eu tivesse uma amante, mas não tenho qualquer intenção de vos fazer a vontade. Não quero recriar as cenas dos reinados precedentes...» Como a posição de amante real continuava por preencher, significava que havia uma espécie de vaga na corte. Os cortesãos não podiam pedir favores à *maîtresse-en-titre* como estavam acostumados, nem podiam pôr a amante real contra a consorte real. O futuro mostraria se a rainha de França preencheria aquela posição e se gozaria da devida influência como mulher e amante.

* * *

A morte, no Verão de 1780, do tio de Maria Antonieta pelo lado do pai, o velho príncipe Carlos de Lorena, pressagiou uma perda familiar ainda maior. A própria Maria Teresa estava moribunda. A última carta que Maria Antonieta recebera dela tinha a data de 3 de Novembro, dia do vigésimo quinto aniversário da rainha, e referia-se à filha que não via há mais de dez anos nos seguintes termos: «Ontem estive mais tempo em França do que na Áustria.» A imperatriz só tinha sessenta e três anos, mas a hidropisia tinha vindo a agravar os seus sofrimentos com as pernas nos últimos anos. Agora, os pulmões tinham começado a «endurecer» e ela queixava-se de uma sensação de ardor interno, exigindo repetidamente que abrissem as janelas.

A doença agravou-se intensamente por cinco dias, que mais tarde foram comovedoramente descritos pela sua filha mais velha, a arquiduquesa Mariana, a inválida que nunca tinha saído de casa.

Já perto do fim, a imperatriz continuou a exercer a sua formidável vontade e mandou as filhas embora porque não queria que a vissem morrer – e estas foram proibidas de ir ao seu funeral. As três filhas que eram o repositório das suas ambições dinásticas estavam longe, evidentemente: as rainhas de França e de Nápoles e a duquesa de Parma. A imperatriz recusava-se firmemente a dormir: «Posso ser chamada a qualquer momento perante o meu Juiz. Não quero ser apanhada de surpresa», disse. «Quero ver chegar a morte.»

Finalmente esta veio – na manhã do dia 29 de Novembro.

Passou-se uma semana até a informação chegar à corte de França, onde Luís XVI decretou luto carregado pela imperatriz sua sogra, pedindo ao abade de Vermond que desse a notícia à rainha por ocasião da sua visita matinal aos seus aposentos.

Foi a José II que Maria Antonieta expressou todo o seu desespero: «Devastada por esta terrível tragédia, não consigo deixar de chorar no exacto momento em que vos escrevo esta carta. Oh meu irmão, meu amigo! Só vós me restais num país que me é e será sempre tão querido... Lembrai-vos de que somos vossos amigos e vossos aliados. Abraço-vos.»

Ficou por se saber, terminado o luto, se o imperador se lembrou realmente que era suposto ser amigo e aliado de França ou se, como Vergennes temia, a sua oferta como mediador na guerra americana significava que José estava, na verdade, a pender para os lados de Inglaterra.

* * *

A rainha de França começou a ter esperança de que o grande acontecimento tão fervorosamente aguardado por

Maria Teresa – que não tinha vivido para o ver – poderia realmente acontecer. Ao longo do mês de Fevereiro, Maria Antonieta percebeu que era possível estar mais uma vez grávida. Um segredo como aquele não podia, evidentemente, durar muito tempo em Versalhes. No dia 2 de Março, o marquês de Bombelles, em missão diplomática em Ratisbona, soube da notícia pela sua sogra.

A rainha entrou em trabalho de parto na manhã do dia 22 de Outubro. Maria Antonieta tinha passado bem a noite, segundo o relato minucioso do Diário do Rei, e tinha tido algumas dores ao acordar, mas tinha podido tomar o seu banho matinal. Só por volta do meio-dia o rei deu ordem para cancelar o concurso de tiro que iria realizar-se em Saclé. Na meia hora seguinte, as contracções aumentaram. Estavam presentes, segundo o rei, «apenas» a princesa de Lamballe, o conde d'Artois, as reais tias, a princesa de Chimay, a condessa de Mailly, a condessa d'Ossun e a condessa de Tavannes. Desta vez o rei tomou precauções para que o fluxo de ar fresco não fosse interrompido, com receio de um novo desmaio da rainha.

Finalmente, Maria Antonieta deitou-se no pequeno leito branco. Então: «Exactamente quinze minutos depois da uma hora pelo meu relógio, a rainha deu à luz um rapaz», escreveu o rei. Para os que estavam no exterior seguiram-se quinze minutos de expectativa, até que uma das damas da rainha, com o vestido em desalinho e tremendamente excitada, apareceu e gritou: «Um delfim! Mas ainda não podeis dizer nada.» No interior dos aposentos, a rainha ainda não estava a par do sexo do filho e imaginou, pelo profundo silêncio à sua volta, que devia ser outra rapariga. Foi o próprio rei que lhe deu a notícia: «Madame, finalmente cumpristes os nossos desejos e os desejos de França, sois mãe de um delfim.»

Maria Antonieta tinha finalmente cumprido o desígnio para que tinha sido mandada para França como princesa. Tinham sido precisos onze anos e meio; tinha dado à luz um herdeiro do trono, meio Habsburgo e meio Bourbon.

No lado de fora da câmara as pessoas enlouqueceram de alegria. As intenções de secretismo não passaram de intenções. O conde Curt Stedingk, um soldado sueco, estava entre os presentes e deixou-nos um relato inesquecível do seu encontro com a condessa de Provença, lançada «a todo o galope» em direcção aos aposentos da cunhada. Esquecendo-se, devido ao entusiasmo, com quem estava a falar – a mulher cujo marido tinha acabado justamente de descer da sua posição de herdeiro presuntivo –, o soldado gritou: «Madame, um delfim! Que alegria!»

As cerimónias que se seguiram em Versalhes mais se pareciam às religiosas, porque se centraram na adoração de um recém-nascido, que chegava como o salvador. Como preceptora real, a princesa de Guéméné tomou o bebé nos braços. Transportada numa cadeira, a dama passeou-o ao longo do palácio, a caminho dos seus próprios aposentos. O barulho da aclamação e o som das palmas chegou mesmo aos aposentos da rainha. Toda a gente queria tocar no bebé ou, se impossível, na cadeira da princesa. «Adorámo-lo», escreveu Stedingk. «Seguimo-lo, formando uma grande procissão.»

* * *

O baptizado, segundo o costume, aconteceu na tarde seguinte ao nascimento. A criança recebeu o nome de Luís José pelos seus avós Bourbon e o seu padrinho e tio Habsburgo e os nomes adicionais de Xavier e Francisco. Neste baptizado não houve alusões impertinentes à paternidade, como acontecera em 1778. O conde de Provença manteve a boca fechada. O rei chorou durante toda a cerimónia. Em breve, como observou Madame Campan, Sua Majestade introduzia sempre que possível, nas conversas em que tomava parte, as palavras «o meu filho, o delfim».

A resposta da nação francesa como um todo foi resumida numa carta do conde Mercy ao príncipe Kaunitz, em Viena: «Reina aqui uma alegria tumultuosa.» Algumas comemorações eram mais elegantes do que outras. No dia 27 de Outubro o novo Teatro da Ópera abriu com uma representação livre de *Adèle de Ponthieu*, de Piccinni. Eram esperadas mil e oitocentas pessoas, mas acabaram por entrar seis mil, atafulhando os camarotes. A feliz assistência gritou «Viva o Rei», «Viva a Rainha» e «Viva o Senhor Delfim». No mundo da moda, uma nova cor recebeu o nome de *caca-dauphin*, como se os fluidos corporais do bebé real merecessem, de certo modo, ser festejados. Talvez o novo penteado criado para a rainha por Léonard, curto e fofo para compensar a perda de cabelo e logo amplamente copiado, chamado *coiffure à l'enfant*, tenha caído melhor.

Os *libellistes* não ignoraram o nascimento do delfim, assim como não tinham ignorado o de Madame Fille du Roi. A medalha comemorativa trazia a legenda em latim «Felicidade Pública». Porém, uma outra, maliciosa, mostrava uma gravura de Maria Antonieta com o bebé ao colo, acompanhada por um Luís XVI cornudo. Uma canção popular obscena tinha como refrão: «Quem Diabo é que o fez?» As diversas sugestões incluíam o duque de Coigny e o conde d'Artois. Entretanto, a rainha continuou com a sua política de estudada indiferença, ao mesmo tempo que a polícia em França e o embaixador francês em Londres tentavam a impossível tarefa de comprar os panfletos e de os queimar.

Pareceu um bom augúrio para a França o facto de ter havido uma grande vitória no ultramar, a 19 de Outubro de 1781, três dias antes do nascimento do tão esperado delfim. Em Yorktown, na Virgínia, as forças de George Washington, apoiadas pela armada francesa comandada pelo almirante Grasse, derrotou o exército inglês liderado pelo general Cornwallis. Ficou aberto o caminho para as negociações de paz, não só com a antiga colónia mas também com os seus aliados, a França e a Espanha. Embora estas negociações tivessem sido proteladas, os «heróis» franceses da luta americana começaram a regressar ao seu país, regalando os seus compatriotas com histórias trazidas do Novo Mundo.

O marquês de La Fayette, por exemplo, chegou a Paris no dia marcado para as celebrações oficiais do nascimento do delfim, já com três meses de idade. A rainha, com a marquesa de La Fayette, membro da sua Casa, na sua carruagem, dirigiu-se à casa onde La Fayette estava hospedado e, graciosamente, recebeu-o à porta. Era um dos típicos gestos de reconhecimento em que Maria Antonieta era insuperável. A atitude da rainha, porém, não impediu que o marquês, a propósito de um sumptuoso baile na corte, dissesse que o seu custo teria equipado um regimento inteiro na América... La Fayette vinha, literal e metaforicamente, de um lugar diferente.

* * *

Houve novo cerimonial um mês após o nascimento do delfim. No dia 21 de Novembro de 1781, Luís XVI registou no seu lacónico diário «Nada», querendo dizer que não tinha ido caçar, e depois: «Morte de Monsieur de Maurepas às onze e meia da noite.» José II apressou-se a dizer que o desaparecimento do mentor do rei, chefe do pessoal da sua Casa durante mais de sete anos, representava uma óbvia oportunidade política para a rainha, devido ao seu triunfo como mãe do delfim. O conselheiro de Maria Antonieta, o abade de Vermond, avançou o nome do ambicioso arcebispo de Toulouse, Loménie de Brienne, como substituto e que actuaria como homem de confiança da rainha, mas o rei, com um novo sentido de independência, declinou, irritado.

Quem ganhou com a morte de Maurepas não foi Maria Antonieta, foi Vergennes, que conseguiu, discretamente, deslizar para a posição de confidente que o seu patrono Maurepas tinha ocupado. Em Fevereiro de 1782, Mercy estava de volta com a sua usual litania de queixas sobre o comportamento inseguro da rainha em relação à política, deixando que o rei acreditasse que ela se aborrecia com os assuntos de Estado e que nem sequer se interessava por eles. O «grande crédito» que tinha junto do marido era usado apenas para distribuir favores.

Talvez tivesse sido melhor para a reputação de Maria Antonieta em França se ela tivesse mantido a posição apolítica que, obviamente, estava mais de acordo com os seus desejos mais profundos, apesar das pressões familiares vindas da Áustria. Infelizmente – para ela – continuou a ser uma peça de xadrez no tabuleiro dos esquemas predatórios estrangeiros de José II, tal como tinha sido um penhor no jogo das alianças matrimoniais da sua mãe. Nos anos que se seguiram, o imperador fez constantes exigências à sua irmã. Maria Antonieta tinha de lhe garantir o apoio francês exercendo a sua influência junto do rei. No entanto, em muitas áreas, a política estrangeira da Áustria, tal como era interpretada pelo imperador, entrava em conflito com os interesses franceses. Mesmo assim, insistia para que Maria Antonieta se empenhasse no que ele chamava «o maior papel que qualquer mulher alguma vez desempenhou».

Maria Antonieta lembrou ao irmão a educação austrofóbica do rei. A natureza desconfiada e inata de Luís XVI tinha sido fortalecida pelo seu tutor, o duque de Vauguyon. Muito antes do seu casamento, Vauguyon já o assustava com histórias do domínio que a sua mulher austríaca quereria exercer sobre ele. «Será sensato da minha parte», perguntou ela sem rodeios, «arranjar discussões com o seu ministro sobre assuntos sobre os quais é praticamente certo o rei não me apoiar?»

Maria Antonieta queria que José compreendesse a sua difícil situação. Não perceberia ele que o dever da rainha de França, mãe do delfim, não era, necessariamente, defender os interesses da Casa de Áustria? Era evidente que não. O hábito da lealdade familiar, encorajado por José II à distância e por Mercy dentro de portas, continuava demasiado forte.

* * *

A questão dos afectos da rainha alastrou nos últimos dias de Junho de 1783, ocasião em que o conde Fersen, «um velho conhecido», regressou, finalmente, da América – o sueco estivera ausente mais de três anos. Maria Antonieta estava mais uma vez grávida, mas não no estado adiantado em que se encontrava por ocasião do seu segundo encontro, em Agosto de 1778.

Esta gravidez foi mais um motivo de satisfação para ela e para o rei porque estava a tornar-se dolorosamente claro que o miraculoso delfim não tinha a saúde robusta da sua irmã.

No entanto, a gravidez de 1783 acabaria num aborto durante a noite de 2 de Novembro, dia do vigésimo oitavo aniversário da rainha. De manhã, Maria Antonieta já tinha perdido o bebé. Só dez dias mais tarde começou a recuperar e a sua saúde causou preocupação geral. Depois deste drama, apesar de ter confirmado ao seu irmão José, no fim do ano, que estava ansiosa por ter um segundo filho, Maria Antonieta sabia que teria de esperar alguns meses até recuperar a saúde por completo. É evidente, pela atitude de Luís XVI em relação a estas gravidezes algo frequentes, que o rei continuava a ter relações sexuais com a sua mulher na esperança de aumentar a família.

Porém, dormiria realmente a rainha com o belo conde? No quadro das probabilidades, a resposta deve ser sim. A ideia de um grande amor sem a respectiva consumação não está de acordo com a natureza humana. Ninguém punha em causa a imensa atracção que se sentia entre os dois. Tilly disse que ele era «um dos homens mais bem-parecidos que alguma vez vi» e que até a «sua frieza» era uma vantagem visto que todas as mulheres tinham esperança de a «derreter». O cabeleireiro Léonard, que conhecia perfeitamente a corte, descreveu-o mais romanticamente como um Apolo: alguém por quem todas as mulheres se apaixonavam e do qual todos os homens sentiam ciúmes. Além do mais, Fersen adorava as mulheres em geral e em particular, e a sua vida na América e na Europa estava pontuada por casos amorosos dramáticos. Porém, ao mesmo tempo que se orgulhava da sua natureza cavalheiresca, Fersen sabia agir com discrição.

Pouco se sabia sobre este assunto na época. Os seus contemporâneos eram nitidamente reticentes e os *libellistes* tinham as armas apontadas noutra direcção: no incesto com o conde d'Artois e no lesbianismo com a duquesa de Polignac.

No século dezanove foram publicadas algumas histórias baseadas em boatos, o que não constitui prova. No entanto, o veredicto da condessa de Boigne – «Os seus íntimos não duvidavam de que ela tinha por ele uma grande paixão» – é significativo. Esta condessa, embora tivesse nascido em Versalhes em 1781 e como tal demasiado nova para se lembrar desses acontecimentos, era suficientemente velha quando escreveu as suas memórias e devia estar a par de todos os boatos que corriam na corte.

No entanto, as provas documentais demoraram tempo a chegar. Em 1877, o neto de Fersen, que publicou o diário e as cartas do avô, censurou-as fortemente. As respostas da rainha tinham desaparecido, possivelmente destruídas. Em 1930, porém, uma escritora sueca, Alma Söderhjelm, teve a brilhante ideia de investigar o Livro de Cartas de Fersen, uma espécie de arquivo no qual, desde 1783, o conde anotava pormenores da sua correspondência, e descobriu haver uma correlação entre uma misteriosa «Josefina» e a rainha.

Depois de deixar Paris a 20 de Setembro de 1783, Fersen escreveu oito cartas a «Josefina», antes de regressar no ano seguinte, em Junho. Assim, é perfeitamente possível que uma referência a 15 de Julho de 1783, escrita no seu diário exactamente quinze anos mais tarde («Lembro-me deste dia… Fui *chez Elle* pela primeira vez») seja um código que assinala o início da sua relação. Por outro lado, Fersen também ambicionava por fazer parte de uma comissão militar, e a rainha igualmente desejosa de o ajudar – um patrocínio que, mais uma vez, teria o efeito paradoxal de o afastar dela.

A carta que enviou à sua adorada irmã, Sofia Piper, acerca de uma futura esposa pode ser interpretada de várias maneiras. Fersen continuava a divertir-se fazendo planos de casamento sempre baseados no dinheiro, não no amor. Assim, quando disse à irmã, a 31 de Julho, que o casamento não era para ele, pode ter-se inspirado no seu próprio cinismo – «a vida conjugal é antinatura» – ou pode ter-se referido anonimamente à sua relação com a rainha: «Como não posso estar com a única pessoa que desejo, a única pessoa que me ama verdadeiramente, não quero estar com mais ninguém.»

Não se sabe ao certo, portanto, quando Fersen se tornou exactamente amante da rainha, se bem que algumas pessoas sugiram que foi no Verão de 1783 ou, se a sua longa ausência (e a gravidez precoce da rainha) foi um impedimento, no ano seguinte. Vale a pena referir que a afirmação de Lady Elizabeth Foster, de que tinham sido amantes «oito anos», antes de Junho de 1791, portanto, faz coincidir o início da sua relação com o regresso de Fersen a Versalhes, vindo da América. É inquestionável que a rainha se esforçou para ajudar o conde a conseguir o posto de coronel do Real Regimento Sueco, uma força francesa fundada originalmente para dar aos prisioneiros suecos a possibilidade de poderem optar: ou o serviço militar ou as galés. A compra do posto envolvia o pai de Fersen e o dispêndio de 100 mil libras, o que exigia negociações delicadas.

A pretensão de Fersen tinha o apoio do seu próprio soberano, Gustavo III, que o descreveu a Luís XVI como «tendo servido nos vossos exércitos na América com grande distinção». Por seu lado, Maria Antonieta escreveu acaloradamente ao próprio Gustavo mais ou menos nos mesmos termos: como o pai de Fersen não era esquecido enquanto o filho «se distinguia na Guerra Americana». Fersen preparava-se para regressar à Suécia a ultimar os detalhes financeiros da vasta operação com o seu pai quando Gustavo, que estava de partida para uma viagem pela Europa, o chamou subitamente. Em vez de regressar à Suécia, Fersen devia juntar-se à comitiva real como capitão da Guarda Pessoal do rei sueco.

Os prazeres de Versalhes continuaram, se bem que, com o tempo, o desenvolvimento de uma aldeia modelo no Petit

Trianon ocupasse mais as energias de Maria Antonieta do que as representações teatrais. Apesar do mito, a rainha, na verdade, nunca se vestiu de pastora ou de criada, nunca guardou ovelhas nem mugiu vacas pessoalmente. No entanto, desempenhava esses papéis no palco – daí, talvez, o nascimento da lenda. Maria Antonieta achava os seus novos vestidos de musselina branca, encimados por um chapéu de palha, suficientemente pastoris. A sua leitaria tem sido descrita como uma espécie de «sala de estar de Verão», onde os hóspedes podiam beber leite, comer fruta e outros produtos saudáveis.

A aldeia modelo era uma concepção do pintor romântico Hubert Robert e o desenho era de Richard Mique, mas, tal como a noção de retiro rústico de Maria Antonieta, pouco tinha de original. De facto, era uma cópia do do príncipe de Condé. Ao mesmo tempo, o duque de Orleães em Raincy e a condessa de Provença em Montreuil – esta uma grande amante de jardins e uma excelente jardineira – desfrutavam de projectos semelhantes. Havia outras pessoas que gastavam ainda mais dinheiro nos seus jardins. No entanto, o que a rainha de França gastava era, inevitavelmente, mais visível. Em sua defesa deve ser dito que Maria Antonieta criou ou encomendou coisas extremamente belas. Mais de 1000 jarros de porcelana, com o monograma da rainha a azul, foram desenhados e fabricados para ornamentarem, cheios de flores, o exterior das doze vivendas modelo, que tinham janelas com gelosias, paredes de estuque a imitar tijolos partidos e gastos e vigamento de madeira. O jasmim, as rosas e o mirtilo estavam por toda a parte; o perfume do lilás enchia o ar; as borboletas voavam ao sol e à noite ouvia-se o cantar dos rouxinóis.

No dia 19 de Setembro de 1783 – véspera da partida de Fersen –, Versalhes viu o espantoso lançamento do balão de ar quente do Dr. Montgolfier na presença da família real. Até o delfim de dois anos de idade esteve presente na inspecção feita pelos soberanos ao interior do balão antes de este descolar. Azul-celeste, com o selo do rei estampado a amarelo, o balão, segundo um observador, parecia «uma planta nova, exótica». O rei, com a sua curiosidade intelectual, ficou muito entusiasmado com aquele avanço científico. Entre os espectadores estavam dois jovens ingleses na casa dos vinte anos, William Pitt e William Wilberforce, de visita a França com o objectivo de aprenderem a língua.

No entanto, nenhuma destas diversões podia acalmar a preocupação principal de Maria Antonieta, «o langor e a falta de saúde» do delfim. Luís José, ao contrário da irmã, era uma bela criança. No entanto, tinha um aspecto frágil devido às frequentes febres que o assolavam, causando uma ansiedade desesperada nos seus pais. A 7 de Junho de 1784, o rei estava a caçar perto de Rambouillet quando recebeu uma mensagem urgente da rainha. É significativo o facto de muitos cortesãos terem assumido que a emergência estava ligada a Luís José e que se devia a uma espécie qualquer de prostração. De facto era menos pessimista, estava relacionada com a chegada inesperada do rei Gustavo II da Suécia. Entre outros, o monarca trazia na sua comitiva o conde Fersen, que estava ausente de França havia oito meses e meio.

* * *

O rei Gustavo e o conde Fersen ficaram em França até ao dia 20 de Julho. Depois, Fersen regressou finalmente à Suécia onde, entre outras coisas, tratou de arranjar um cão para «Josefina», provavelmente da mesma raça do seu *Odin* sueco; «nunca um cão pequeno» visto que, como ele acabou por admitir para ultrapassar algumas dificuldades, se destinava à rainha de França.

É evidente, pelas comunicações frequentes de Fersen depois de ter deixado a França, que a intimidade de Maria Antonieta com o sueco foi permanente durante a sua visita de seis semanas, pontuada por divertimentos prodigiosos, incluindo a festa que a própria rainha deu no dia 27 de Junho de 1784, no Petit Trianon, com a representação de uma peça de Marmontel com música de Grétry, bailado e jantar nos vários pavilhões do jardim, tudo tendo como pano de fundo o iluminado Jardin Anglais. Toda a gente tinha de estar vestida de branco para poder entrar e o resultado foi muitas pessoas dizerem que parecia uma festa nos Campos Elísios. A determinada altura, durante este período de grande actividade, Maria Antonieta ficou novamente grávida pela quarta ou quinta vez, tal como vinha desejando desde que o seu estado de saúde melhorara depois do aborto do mês de Novembro anterior.

A criança seria de Fersen? Como o conde tinha estado em França na data exacta, é, pelo menos teoricamente, possível, o que não fora o caso nas anteriores gravidezes da rainha. De certo modo seria uma solução romântica. No entanto, o facto de uma solução ser romântica não a torna, necessariamente, correcta. A paternidade do bebé nunca foi posta em causa pelo rei, o que prova que continuava, de vez em quando, a fazer amor com a mulher. Até os boatos mais maldosos (os que vinham do interior da corte, não os mais grosseiros que vinham do exterior) tinham de admitir que as datas das concepções da rainha «se encaixavam na perfeição com as visitas conjugais do rei».

O futuro alargamento da sua família estava por detrás do desejo de Maria Antonieta de adquirir uma nova propriedade no Outono de 1784. Saint Cloud, até então propriedade da família Orleães, era o palácio em questão. Era «uma aquisição interessante para os meus filhos e para mim». A rainha também pensava no futuro dos seus filhos mais novos, comparado com as perspectivas deslumbrantes – no sentido material – que esperavam o pequeno delfim. O preço era alto, mas podia ser coberto com outras vendas, como a do Castelo de La Trompette, em Bordéus.

O essencial da questão de Saint Cloud – contribuindo, como se verificou, para o aumento da sua impopularidade – foi a decisão pouco sensata de a tornar sua propriedade pessoal. Não havia tradição de semelhantes presentes a uma rainha consorte francesa, e Saint Cloud não era uma «casa de recreio» isolada, como o Trianon. De facto, estava suficientemente perto de Paris para que todos pudessem reparar no invulgar comando «por ordem da rainha», assim como nas librés especiais dos seus criados.

Apesar da hostilidade provocada pela sua compra, Saint Cloud proporcionou a Maria Antonieta uma nova oportunidade para satisfazer o seu amor ardente pela decoração de interiores. O edifício ficou cheio de cores novas, um espectro semelhante ao que escolhia para as suas roupas; azuis e verdes pálidos para os painéis, uma espécie de cinzento-alfazema como no caso da Grande Casa de Banho de Versalhes com os seus motivos sobre Neptuno, tridentes, cataratas, conchas, fósseis e corais; verde-maçã como no caso dos reposteiros do Trianon.

Uma grande parte do entusiasmo da rainha pela decoração dizia respeito ao mobiliário e também aqui as aquisições foram interessantes. Maria Antonieta era uma ardente conhecedora e mostrava discernimento no que escolhia e encomendava. Na verdade, o espírito elegante de Maria Antonieta está, talvez, mais do que tudo o resto, excelentemente representado nas peças elegantíssimas da sua mobília que chegaram até aos nossos dias. As suas peças favoritas eram fabricadas com embutidos de madeira ou de laca e ornamentadas com bronze dourado e muitas vezes com motivos florais ou crianças a brincar.

Maria Antonieta tinha uma fraqueza pelo mobiliário com elementos mecânicos; Roentgen fez-lhe uma escrivaninha encimada pela figura realista de uma dama a tocar árias num pequeno clavicórdio. Riesener colaborou com Merklein no fabrico de peças de mobiliário com elementos mecânicos que suavizassem quaisquer dificuldades na rotina luxuosa da rainha. Por exemplo, uma mesa mecânica especial para tomar as suas refeições na cama depois dos seus *accouchements*. Esta peça estava tão habilmente construída que «até a mão mais delicada» podia manuseá-la sem qualquer dificuldade.

Nada disto era particularmente barato, e o facto de os preços dos objectos de arte terem subido rapidamente depois de 1750 não ajudava nada. No entanto, seria errado dar a impressão de um rei poupado casado com uma rainha gastadora e não dizer nada, mais uma vez, sobre os hábitos extravagantes do resto da família real, incluindo as tias. Todos eles pagavam preços caríssimos pelas suas aquisições.

* * *

O terceiro filho da rainha nasceu às sete e meia da manhã de Domingo de Páscoa, 27 de Março de 1785. Maria Antonieta estava tão volumosa que Calonne, o ministro da Tutela, preparou supostamente duas fitas azuis da Ordem do Espírito Santo para príncipes gémeos. De facto, porém, foi um rapaz saudável, ao qual foi dado o nome de Luís Carlos no baptizado quase imediato, meia hora depois, ao mesmo tempo que lhe era concedido o título de duque de Normandia.

Tal como a sua irmã Maria Teresa, Luís Carlos impressionou toda a gente com a sua forte constituição, como a rainha mandou dizer alegremente a José II. Em Maio, Maria Antonieta referiu-se novamente à sua saúde; o pequeno estava definitivamente mais forte do que qualquer outro bebé da mesma idade. Com o tempo, a sua doçura, os seus modos vivos e acima de tudo a sua robustez física, prometedora de um grande futuro, fariam de Luís Carlos a principal fonte de prazer da vida de Maria Antonieta.

Na época estava a surgir uma imagem, entre os que nunca a tinham conhecido, de uma Maria Antonieta tola, extravagante e sem nada na cabeça (excepto pensamentos libidinosos relacionados com diversos e indesejáveis objectos de amor, femininos ou masculinos), presidindo a uma corte dissoluta onde as festas dionisíacas, para consumação da sua luxúria, eram ocorrências normais. A sua popularidade cada vez menor entre os Franceses foi notada pelo conde Fersen. O sueco reparou no modo frio como Maria Antonieta foi recebida quando entrou em Paris, como era costume das rainhas após um *accouchement*: «Nem uma única aclamação» quebrou «um absoluto silêncio».

Maria Antonieta estava a transformar-se no útil bode expiatório (ainda por cima sendo estrangeira) dos problemas políticos do rei, problemas que tinham na sua raiz a impossível situação financeira da Coroa. Deste modo, os rumores de grandes festas no cenário de um Petit Trianon revestido de diamantes e ouro brilhante tornaram-se o símbolo do ressentimento contra o poder – mas concentrados na rainha.

V

Foi neste clima de suspeição pública que, a 12 de Julho de 1785, Maria Antonieta recebeu uma estranha carta do joalheiro Charles Auguste Boehmer. Boehmer era visto nas cortes da Europa, onde se sentia como em casa, como «um homem extremamente afável». Com o seu sócio Paul Bassenge, que além de desenhador era vendedor, Boehmer tinha uma loja em Paris, mas quando os seus clientes eram a rainha de França ou outra grandes damas, incluindo a condessa Du Barry no reinado anterior, Boehmer, naturalmente, ia à corte mostrar-lhes a sua mercadoria. No passado, o joalheiro tinha feito muitas transacções com Maria Antonieta, antes da paixão da rainha pelos filhos e do seu entusiasmo pela decoração, mais de acordo com a sua vida familiar do que os diamantes.

Em particular, Maria Antonieta rejeitara, em várias ocasiões, um colar de diamantes de várias voltas que Boehmer e Bassenge, provavelmente, tinham feito para a Du Barry. A peça era constituída por 647 pedras preciosas oriundas das minas da África do Sul. O seu peso era de 2800 quilates. Certamente que o gosto desempenhou um papel essencial na sua decisão – a peça não lhe dizia nada pessoalmente –, para além da mudança que tinha operado no seu estilo de vida. A resposta da rainha foi polida, mas firme: «Ela disse que já tinha as caixas de jóias suficientemente cheias.» Os joalheiros estavam já ligeiramente desesperados com o investimento feito. Uma cópia da jóia tinha aliás dado a volta a outras cortes sem resultado.

A carta que Boehmer entregou à rainha dizia o seguinte:

Madame:
É para nós o cúmulo da felicidade atrevermo-nos a pensar
que as últimas combinações que nos foram propostas... são
uma nova prova da nossa submissão e devoção às ordens de
Vossa Majestade. Sentimos uma real satisfação ao pensar que
o mais belo conjunto de diamantes do mundo estará ao serviço
da maior e mais bela das rainhas.

A primeira reacção de Maria Antonieta foi interpretar a
carta como uma nova solicitação para lhes adquirir mais
uma jóia. A rainha observou de maneira pouco apropriada,
como se verificou mais tarde: «Nem vale a pena guardar a
carta.» Assim, torceu esta estranha missiva e queimou-a na
vela que estava acesa em cima da sua escrivaninha para derreter o lacre para a sua correspondência.
Boehmer, porém, não tinha criado uma nova peça de joa-
lharia e não estava a tentar vender nada a Maria Antonieta.
O joalheiro referia-se ao magnífico, se bem que demasiado
vistoso, colar de diamantes e estava convencido de que já o
tinha vendido à rainha de França.
De facto, a inexplicável carta tinha sido ditada ao joalheiro Boehmer pelo cardeal de Rohan, que tinha sido o
comprador do colar de diamantes. O cardeal acreditava em
duas coisas a propósito da situação, que não eram verdadeiras. A primeira, ouvira dizer que a rainha tinha querido
adquirir o colar, mas que lhe tinham faltado os fundos.
A segunda, estava convencido de que avançando – em pres-
tações acordadas com o joalheiro – a grande soma de
dinheiro exigida, asseguraria os favores da rainha.
Assim como Maria Antonieta não conseguia imaginar o
significado da carta de Boehmer, o cardeal também estava a
milhas de saber o que se estava a passar e não compreendia,
por exemplo, por que razão a rainha ainda não tinha usado
o colar, apesar de o seu aparecimento em público ser, como
ele pensava, uma prova da sua gratidão. Mais importante
ainda, não percebia por que razão não havia sinais dos favo-

res reais, nem sequer o mais ligeiro reconhecimento quando, no fim de contas, esse tinha sido o objectivo de todo o plano.

A visita de Boehmer a Madame Campan na sua casa de campo, a 3 de Agosto, pouco contribuiu para clarificar o assunto em relação ao papel da rainha. Boehmer estava extremamente preocupado por não ter recebido uma resposta à sua carta e perguntou à camareira-mor se não tinha nada para lhe dizer. Quando Madame Campan lhe disse que a rainha tinha queimado a carta, o homem perdeu a sua famosa fleuma e explodiu: «Mas é impossível! A rainha sabe que me deve dinheiro!» Assim, toda a história veio a público, ou pelo menos a história tal como Boehmer a conhecia, uma história chocante e espantosa para quem, como a camareira-mor, conhecia perfeitamente, por experiência própria, o carácter da rainha.

Boehmer declarou que a rainha tinha adquirido o colar de diamantes por um milhão e meio de francos e também explicou por que razão tinha dito que o tinha vendido em Constantinopla: «A rainha queria que eu desse essa resposta a quem me falasse no assunto.» Mais espantosa ainda foi a declaração do joalheiro de que, na verdade, tinha sido o cardeal a comprar o colar para a rainha.

O conselho de Madame Campan foi que Boehmer devia ir imediatamente a Versalhes e tentar uma entrevista com Breteuil, o ministro da Casa Real. O joalheiro, porém, foi ter com o cardeal de Rohan a Paris. Como resultado, tanto um como outro ficaram a saber que tinha acontecido um desastre, apesar de ainda não saberem os pormenores. Só a rainha continuou na ignorância.

Dois ou três dias mais tarde, Maria Antonieta, que estava no Petit Trianon, recusou-se a receber novamente Boehmer e só quando, casualmente, perguntou a Madame Campan se ela fazia ideia do que queria o persistente joalheiro, é que esta sentiu que devia falar.

Infelizmente, os conselheiros que a rainha consultou, Breteuil, Vermond e o conde Mercy, só pensaram na oportunidade de destruir o seu inimigo Rohan, em vez de se preocuparem em proteger a reputação da rainha. Já muito prejudicada pelos *libelles*, o seu bom nome devia ter sido a primeira preocupação dos seus conselheiros.

Ficou assim montado o cenário para a confrontação entre a rainha e o cardeal, na presença do rei e de vários ministros. Até o método usado para organizar a reunião foi deliberadamente provocatório, em vez de firme e discreto. O cardeal já tinha vestido as suas vestes «pontifícias» escarlates, pronto para celebrar a missa, quando foi chamado ao gabinete do rei. Ali, Luís XVI acusou Rohan de ter comprado os diamantes a Boehmer e perguntou-lhe o que fizera com eles. «Fiquei com a impressão de que tinham sido entregues à rainha», replicou o cardeal. «Quem vos deu ordem para fazerdes isso?», perguntou o rei. Então, pela primeira vez, foi mencionado em público o nome que iria atormentar os participantes do Caso do Colar de Diamantes. «Uma dama, a condessa de Lamotte Valois», foi a resposta de Rohan. O cardeal acrescentou que, quando recebera uma carta da rainha das mãos da condessa, acreditara que estava a agradar a Sua Majestade tomando a seu cargo a encomenda.

Com uma indignação que fora subindo de tom durante esta troca de palavras, Maria Antonieta interrompeu Rohan. Como era possível ele acreditar que ela o escolheria para seu emissário, a ele, um homem a quem não falava havia oito anos «e especialmente através de tal mulher»? Com dignidade, o cardeal replicou que já tinha percebido que tinha sido usado: «O desejo de servir bem Vossa Majestade cegou--me.» Então, Rohan mostrou um bilhete da rainha para Jeanne de Lamotte, encarregando-o de comprar o colar, assinado «Marie Antoinette de France».

Foi o rei que pegou no bilhete e o leu. O monarca ficou furioso. A carta não tinha sido escrita nem assinada pela rainha. Como era possível um príncipe da Casa de Rohan, o próprio Grande Esmoler, pensar que a rainha assinaria «Marie Antoinette de France»? Toda a gente sabia que as rainhas só assinavam os seus nomes de baptismo. O cardeal não respondeu. Pálido e confuso, Rohan sentiu-se incapaz de continuar a falar na presença do rei.

A assinatura forjada acabou por ser o elemento-chave do caso porque predispôs Luís XVI contra o cardeal. Respirando etiqueta real desde o nascimento, o rei não conseguia compreender como era possível um cortesão cometer semelhante erro. O uso exclusivo do nome de baptismo era um privilégio guardado com orgulho. Na sua correspondência formal, a rainha de França era sobranceiramente «Marie Antoinette», sem necessidade de qualquer outro qualificativo.

A credulidade do cardeal é, provavelmente, a explicação mais simples e a mais verdadeira; provém da capacidade infinita que a humanidade tem de se auto-iludir quando está em jogo (neste caso há muito desejada) uma qualquer benesse. Resumindo, o cardeal fazia parte de um sistema que tornava os favores reais tão essenciais que as pessoas recorriam a medidas desesperadas para os conseguir. A acrescentar a isto deve ser referido o indubitável génio de Jeanne de Lamotte Valois para a intriga.

Como psicologicamente não podia aceitar a situação, o rei deu o passo mais fácil, acreditando que Rohan era o vilão. Maria Antonieta, que a princípio se mostrou céptica, concordou; a fraca opinião que a rainha tinha de Rohan ficou reforçada com o aparecimento da assinatura forjada. Armand de Miromesnil, que estava presente como Guardião dos Selos, teve o bom senso de perguntar se seria adequado prender o cardeal daquela maneira sensacionalista, com as suas vestes pontifícias. No entanto, foi exactamente o que aconteceu. Breteuil, inimigo de Rohan, foi encarregado de selar os papéis do cardeal na sua casa de Paris e de o mandar para a prisão da Bastilha.

O problema é que o seu cavalheirismo de marido impediu que o soberano decidisse da melhor maneira. Rohan teve a oportunidade de escolher: ou pedia abertamente a clemência do rei ou era julgado pelo Parlamento de Paris. O cardeal escolheu o Parlamento. Fosse qual fosse o veredicto, o julgamento prolongar-se-ia e levaria o assunto para a arena política. Certas questões, como os direitos dos príncipes e a independência do Parlamento, ficaram inextricavelmente ligadas ao caso, independentemente do desfecho totalmente à parte da culpa do cardeal e da reputação da rainha.

Após a sua prisão, o cardeal conseguiu escrever rapidamente um bilhete com instruções para que os seus papéis relacionados com a condessa de Lamotte fossem queimados. Quando Breteuil chegou a sua casa para impor os selos, a maioria das provas sobre o Caso do Colar de Diamantes tinha desaparecido para sempre. A isto deve acrescentar-se o facto de Jeanne de Lamotte Valois ter provado ser uma mentirosa altamente imaginativa, pelo que se pode confiar em muito pouco do que ela disse.

O resultado é que o caso nunca poderá ser esclarecido em relação a todos os seus detalhes, se bem que algumas coisas possam ser afirmadas com absoluta certeza. Uma delas é a inocência da rainha. A rainha nunca esteve envolvida no caso. A sua completa surpresa e choque atestam-no, tal como o modo como menosprezou persistentemente a gravidade do que estava a acontecer nos meses que se seguiriam.

Praticamente, a única coisa verdadeira na percepção contemporânea do caso é a ascendência de Jeanne de Lamotte. Apesar de ter sido criada numa penúria extrema por uma mãe camponesa, tinha sangue real pelo lado dos Valois, já que o seu pai era descendente ilegítimo do rei Henrique II. Casada em 1780, com vinte e quatro anos, com Nicolas de Lamotte, que assumiu o título de conde e acrescentou Valois ao seu nome, Jeanne teve vários protectores. Um deles foi o cardeal de Rohan, que conheceu em 1783. Os dois tinham uma espécie de ligação amorosa, se bem que, por ocasião do Caso do Colar de Diamantes, Jeanne de Lamotte vivesse virtualmente *à trois* com o marido e o amante, Rétaux de Villette, o qual, entre outras habilidades, era um talentoso falsário. Ao conviver com o cardeal, Jeanne ficou ciente da sua obsessão pelos favores de Maria Antonieta. E, assim, os elementos para o ataque estavam montados.

A encomenda ao cardeal do colar que a rainha aparentemente cobiçava e as suas combinações posteriores para um pagamento gradual eram, claro, forjadas. Os felizes joalheiros ficaram deliciados por poderem negociar excepcionalmente a peça por 1 600 000 francos. Nos seus bilhetes, a falsa rainha insistia para que o cardeal fosse discreto. O golpe principal, porém, foi o aparecimento de Maria Antonieta nos jardins de Versalhes, à noite – na famosa Gruta de Vénus. O conde de Lamotte foi ao passeio do Palais-Royal, frequentado pelas damas da cidade e escolheu uma jovem profissional chamada Nicole d'Oliva, cuja característica era uma espantosa semelhança com Maria Antonieta. Em todo o caso, a jovem devia aparecer ao cardeal na semiobscuridade, com um vestido branco de musselina igual aos que a rainha usava muitas vezes, com o rosto na sombra e a cabeça coberta.

O embuste foi bem-sucedido.

A conspiração começou a emergir à luz do dia quando Jeanne de Lamotte foi incapaz de manter os modestos pagamentos através dos quais a «suposta rainha» mantinha tranquilos o cardeal e Boehmer, assim como também não conseguiu, evidentemente, fazer com que o colar aparecesse no pescoço branco da rainha de França, como as suas vítimas continuavam a esperar. Assim, o cardeal e os joalheiros viram-se sem receber dinheiro e as perguntas começaram a aparecer, o que levou à carta de Boehmer à rainha, ditada pelo cardeal a 12 de Julho. Pouco depois da prisão de Rohan e no seguimento da sua confissão, Jeanne foi presa. O seu amante, o falsário Rétaux de Villette, foi repatriado de Genebra, para onde tinha fugido, e a infeliz Nicole d'Oliva, que imaginava estar a ser contratada para prestar serviços sexuais, não para personificar a soberana, também foi presa. O conde de Lamotte ficou em liberdade em Londres.

Ao longo dos meses que se seguiram, durante os quais a sua impopularidade atingiria níveis sem precedentes, a rainha não só ficou grávida, como também doente. Esta gravidez, ao contrário das três anteriores, que resultaram em bebés vivos, parece ter corrido mal desde o princípio.

Nos primeiros dias de Dezembro, toda a cidade de Paris ansiava pela publicação do resultado do julgamento de

Jeanne de Lamotte, o qual continha uma torrente de ofensas dirigidas à rainha e detalhes da suposta intriga sexual desta com o cardeal. Estas acusações, apesar de humilhantes para Maria Antonieta, dada a aversão da rainha por Rohan, foram alegremente aceites pelo público.

O julgamento do cardeal e dos outros conspiradores pelo Parlamento de Paris, em Maio de 1786, teve lugar numa atmosfera carregada na qual a verdade sobre o Caso do Colar de Diamantes foi, provavelmente, o menos importante. Quase todos os envolvidos tinham outros compromissos. O rei recusou-se a permitir que a rainha comparecesse, alegando que a fonte da justiça no país era ele próprio e que, como tal, não seria apropriado. Assim, o testemunho de Maria Antonieta foi escrito e apresentado em tribunal. A rainha temia que os detalhes do encontro simulado na Gruta de Vénus fossem tornados públicos porque estava perfeitamente consciente do uso que os *libellistes* fariam de um material tão escandaloso. (De facto, os receios da rainha confirmaram-se.) Por sua vez, o Parlamento de Paris ansiava por afirmar a sua independência, ao mesmo tempo que os aristocratas estavam determinados a não permitir que este ataque à sua classe – como o viam – fosse bem-sucedido.

O Parlamento pronunciou o seu veredicto no dia 31 de Maio. Os pequenos foram condenados, comparativamente, a penas leves; Nicole d'Oliva levou apenas uma repreensão por ter personificado a rainha e o falsário Rétaux de Villette foi banido e viu os seus bens confiscados. As sentenças dos Lamotte, porém – ele *in absentia* – foram extremamente pesadas e incluíram açoitamento, queimaduras com ferro em brasa e prisão perpétua.

O cardeal de Rohan, porém, foi absolvido, mas teve de pedir publicamente desculpa pela sua «temeridade criminosa» ao acreditar ter tido um encontro nocturno com a rainha de França e teria de pedir perdão aos monarcas; teve também de se demitir de todos os seus cargos, fazer um donativo para os pobres e foi banido da corte para sempre. No entanto, estava livre. O Parlamento acreditara na sua boa-fé. Quanto à fatal pretensão de que a figura velada na

Gruta de Vénus era a rainha, murmurando-lhe palavras convidativas, foi considerada uma hipótese legítima. Esta foi a denúncia mais grave do estilo de vida da rainha, mas a intenção era exactamente essa.

Jeanne de Lamotte foi despida e chicoteada pelo executor público e marcada a fogo com a letra V, de *voleuse*, ladra, em frente de uma multidão de espectadores lascivos. Em seguida foi conduzida à prisão de mulheres da Salpêtrière para cumprir pena perpétua.

Os danos na reputação da rainha foram igualmente devastadores. Apesar de não serem fisicamente dolorosos, também eles seriam uma fonte de tormento. Eram também impossíveis de remover. Quando recebeu a notícia do veredicto, Maria Antonieta fechou-se no seu gabinete e chorou. Depois, virando-se para Madame Campan, gritou, indignada, que não havia justiça em França.

A 9 de Julho, a rainha começou a sentir-se mal. A princípio, Maria Antonieta recusou-se a acreditar que estava a entrar em trabalho de parto e continuou com as suas rotinas, que incluíam uma missa na Capela Real. Só às quatro e meia da tarde é que os ministros, incluindo Breteuil, cuja presença era obrigatória, foram chamados. Três horas mais tarde, às sete e meia, nasceu o bebé, uma rapariga, à qual foi imediatamente dado o nome de Helena Beatriz.

Enquanto Maria Antonieta continuava angustiada com a absolvição do cardeal, Luís XVI atacava o problema das finanças, tão agudo que ameaçava mergulhar o país na bancarrota. A 20 de Agosto, o controlador-geral de Finanças, Calonne, apresentou um importante memorando ao rei. Na tentativa de combater o caos crescente em França, que para além de financeiro também era administrativo, o ministro sugeria que a tributação dos impostos fosse mais uniforme e mais justa. Obviamente, o projecto de lei destas reformas – uma coisa muito diferente da sua aplicação – era algo que precisava de um tratamento cuidadoso. O Parlamento de Paris, que já dava sinais de rebeldia, como se tinha visto pela absolvição de Rohan, poderia causar problemas, assim como os vários parlamentos provinciais. O expediente escolhido, uma Assembleia de Notáveis, não era utilizado havia 160 anos, ocasião em que o cardeal Richelieu se serviu dela num esforço para ludibriar o Parlamento no reinado de Luís XIII.

De facto, a Assembleia de Notáveis estava condenada à partida, pela razão fundamental de que, simplesmente, não tinha o aval necessário à sua *raison d'être* e limitou-se a provocar uma superabundância de debates, argumentos, discussões e exigências de que as reformas fiscais e administrativas deviam receber a aceitação do Parlamento. Calonne não conseguiu levar o caso a votação. Durante a semana da Páscoa o rei recusou-se a receber Calonne e no Domingo de Páscoa, dia 8 de Abril, o controlador-geral de Finanças foi demitido.

De certo modo, este período marcou um tempo de mudança. O conde de Vergennes tinha morrido no princípio do ano. Restava saber qual seria o seu legado: um vazio emocional que precisava de ser preenchido ou uma inextirpável desconfiança por parte do rei em relação a Maria Antonieta. Naturalmente, o conde Mercy não permitiu que a morte de Vergennes passasse sem atormentar a rainha a propósito da nomeação de um novo ministro dos Negócios Estrangeiros. O candidato austríaco preferido era o conde de Saint-Priest, que tivera uma carreira diplomática variada ao longo de vinte e cinco anos, mas houve uma pequena mas significativa alteração nos sentimentos da rainha. Maria Antonieta achava que não estava certo ser «a Corte de Viena a nomear os ministros da Corte de França». Pela primeira vez, em assuntos que tinham a ver com os interesses austríacos, era como rainha de França que Maria Antonieta falava.

Qual foi a causa desta mudança? Obviamente, o alargamento da sua família – a pequena ninhada de príncipes e princesas de Bourbon que Maria Antonieta tinha dado à luz, um dos quais herdaria o trono. Uma outra razão, mais profunda, poderá estar na terrível angústia provocada pelo Caso do Colar de Diamantes e pelas perversas e injustas calúnias que se lhe seguiram, dando novo vigor a um carácter essencialmente influenciável. Maria Antonieta iria enfrentar desafios cada vez mais difíceis e, ao fazê-lo, transcender as expectativas anteriores de uma natureza gentil e volúvel.

É óbvio que a rainha não era a única a sentir-se fortalecida pela adversidade, mas este sentimento não era partilhado por todos. Luís XVI, por exemplo, não se sentia transformado pelas provações por que passava. A sua apatia, a sua indecisão, a sua tendência certamente psicológica para adormecer nas reuniões do Conselho – por vezes até ressonava –, tudo características que os cortesãos lamentavam, agravavam-se cada vez mais. Em Maio de 1787 ia diariamente aos aposentos da rainha e chorava. Em Agosto, Luís XVI exibia todos os sinais de uma intensa depressão, provocada pelo falhanço da suas políticas recentes. O conde Mercy descreveu em termos vivos o estado moral do rei, considerando que lhe tinha provocado alguma degeneração física.

O mundo exterior interpretava este comportamento como um estado normal de embriaguez. É difícil distinguir a questão da bebida do rei das suas maneiras desajeitadas (incluindo a miopia) visto que ambas podiam levar a um estado semelhante de hesitação, a que a sua enorme corpulência também não ajudava. Os detractores do rei promoveram a ideia de que ele entrava muitas vezes em colapso devido à bebida quando, de facto, se devia a uma pura exaustão física provocada pela caça. É justo salientar o facto de a rainha – que não bebia álcool, apenas água mineral de Ville d'Avray – também era acusada de embriaguez e de participar em orgias de bebida. Seja como for, parece ter havido uma ligação entre a depressão do rei e a sua desesperada tentativa para se refugiar na bebida.

Havia algo de corajoso nas tentativas da rainha para melhorar esta situação. A sua saúde continuava a dar problemas, não só dificuldade em respirar, como enxaquecas, que, em parte, eram do foro psicológico. Infelizmente, a sua nova circunspecção não a transformou da noite para o dia numa política bem-sucedida. A sua falta de concentração, provocada por uma educação defeituosa, continuava a minar os seus esforços.

No dia 1 de Maio de 1787, o homem que viria a ser o parceiro político da rainha, nos meses vitais que se seguiriam, passou a controlar as Finanças no seguimento da demissão de Calonne. O homem chamava-se Loménie de Brienne, tinha sessenta anos e fora arcebispo de Toulouse durante os trinta e quatro anos anteriores. A sua nomeação era uma prova da depressão do rei, visto que Luís XVI o detestava pessoalmente pelos seus pouco ortodoxos pontos de vista religiosos. O pior que se podia dizer dele, dada a extrema impopularidade da rainha um ano após a absolvição de Rohan, era que era o seu homem. Maria Antonieta já era assobiada na Ópera pelo povo de Paris. No entanto, era possível que Brienne, como anterior membro do partido da oposição na Assembleia, tivesse sucesso onde Calonne falhara.

Não foi o caso. Os cortes na corte já tinham sido instituídos sob a vigência de Calonne. Quando a Assembleia provou não ser mais maleável do que antes, Brienne caiu numa política de contenção. Só na Casa da Rainha foram eliminados 173 postos. Os nobres, que consideravam as suas posições um direito inalienável, reagiram fortemente. Mesmo a apatia de Luís XVI foi sacudida quando o duque de Coigny quase pareceu querer atacar o rei ao saber que fora dispensado. Ao mesmo tempo, esta política de contenção não resolvia o verdadeiro problema no centro de tudo. Em 1788, os gastos da Coroa ascendiam a 6 ou 7 por cento dos gastos totais nacionais, ao mesmo tempo que mais de 41 por cento ia para pagar a dívida nacional. A necessidade de uma tributação apropriada por parte da aristocracia (até então isenta) e de um sistema administrativo que a levasse a cabo eram assuntos mais prioritários do que nunca.

* * *

A rainha, com Brienne ao leme, começou a comparecer nas reuniões normais do rei e dos seus ministros, não apenas nas que lhe diziam directamente respeito. Maria Antonieta também estava a montar, a uma escala alargada, o seu próprio plano de propaganda, promovendo a sua imagem de fecunda «Mãe dos Filhos de França». O retrato encomendado a Madame Vigée Le Brun tinha esse objectivo. A disposição dos filhos da rainha foi cuidadosamente orquestrada. Madame

Royale encostada ternamente à mãe – infelizmente não num ângulo muito lisonjeiro; o delfim a apontar para o berço de Madame Sofia e, no colo da sua mãe, o pequeno duque de Normandia, com um vestido branco de bebé, exibindo a Ordem do Espírito Santo, que era concedida à nascença aos filhos do rei.

A real mãe, no centro do retrato, era já então uma figura substancial. O aumento de peso, iniciado no ano anterior, era agora considerável, chegando a inspirar rumores de mais gravidezes. Apesar de a sua cintura ainda ser vincada, as amplas proporções do seu peito, com mais de um metro numa mulher de altura média, são confirmadas pelos registos das costureiras. Nem sequer o pincel lisonjeiro de Luísa Vigée Le Brun conseguia esconder a sua papada. Com a sua falta de galantaria, o rei Gustavo da Suécia disse em público que a rainha de França tinha engordado demasiado, para continuar a poder ser considerada uma beldade, ao mesmo tempo que José II levava o seu patriotismo ao limite ao dizer que a sua irmã tinha «o belo rosto de uma boa alemã gorda».

Não era um retrato feliz. O membro mais novo do grupo, Sofia, morreu a 19 de Junho de 1787, algumas semanas depois do seu primeiro aniversário. O quadro teve de ser alterado; o dedo do delfim a apontar para o berço vazio era uma recordação triste da vida curta da sua irmã. O quadro de Vigée Le Brun destinava-se a ser exposto no Salão da Real Academia no fim do mês de Agosto. De facto, seria retirado porque a impopularidade da rainha era tão grande que se temiam manifestações. Lenoir, o chefe da Polícia, teve de lhe dizer para não aparecer em Paris. Foi deixada a moldura vazia e um brincalhão qualquer, aludindo à nova alcunha da rainha, espetou-lhe uma nota com os dizeres: «Eis o Défice!»

Entretanto, o «monstro» lutava para apoiar Brienne, a lidar com a depressão do rei e a tentar esquecer a morte da filha, ao mesmo tempo que a saúde do filho mais velho estava sempre presente na sua mente. Como não foi conseguido o aval do Parlamento para as reformas, estas foram forçosamente inscritas no *lit de justice* do rei, a 6 de Agosto. Nesta fase dos acontecimentos, o Parlamento foi forçado, por ordem de Brienne, a exilar-se em Troyes. Porém, as disputas continuaram. O Parlamento, descontente com a situação, votou apenas a vigésima parte do dinheiro desejado. A 19 de Novembro, o rei promulgou um novo decreto para poder pedir empréstimos.

Durante os meses que se seguiram, as batalhas a propósito da promulgação dos decretos continuaram, acrescidas de distúrbios nas províncias. No entanto, os que protestavam queriam apenas limitar os poderes do rei, especialmente o uso impopular do *lit de justice* para promulgar decretos. As exigências de reformas, neste ponto, não vinham essencialmente do povo, vinham da nobreza.

A 8 de Maio, alguns membros do Parlamento foram chamados a Versalhes para tomarem conhecimento dos éditos promulgados pelo rei e foi-lhes dito que estavam suspensos até nova ordem. Estes Éditos de Maio, como ficaram conhecidos, limitaram-se, porém, a provocar ainda mais distúrbios.

Havia uma tristeza por detrás desta agitação política causada pela agonia física do delfim Luís José. Nos primeiros meses de 1788, os que viviam na sua órbita, para além dos pais, já aceitavam a ideia de que ele não viveria muito mais tempo e em certos círculos monárquicos a perspectiva era de alívio porque o duque de Normandia era muito mais saudável. Resumindo, com mais capacidade para vir a ser rei.

«O meu filho mais velho tem-me dado muita ansiedade», escreveu a rainha. «O seu corpo está torto, um dos ombros está mais alto do que o outro e as vértebras estão ligeiramente desalinhadas e protuberantes. De há uns tempos para cá está sempre com febre e, como resultado, está muito magro e muito fraco.» Os sintomas descritos pela rainha eram, de facto, os da tuberculose da coluna vertebral.

As esperanças centraram-se num período de convalescença no Castelo de Meudon, residência oficial do delfim de França, para onde Luís José viajou no dia 2 de Março. Durante algum tempo, o príncipe sentiu-se ligeiramente melhor e até deu sinais de alguma animação. No entanto, em Junho, o marquês de Bombelles, achou-o deplorável, com a coluna torta e um aspecto geral muito frágil. O pobre rapaz começava a ter vergonha de ser visto, ao mesmo tempo que os vários médicos discordavam quanto ao tratamento a aplicar. Em Julho, a rainha enviou outro boletim ao imperador: o seu filho tinha «ocasiões em que está melhor e outras em que piora», uma análise que também se adequava à situação política de França.

Finalmente, a 5 de Julho de 1788, no auge do descontentamento da nobreza, o rei fez uma declaração preliminar respeitante à reunião de um tipo de assembleia conhecido por Estados Gerais. Esta declaração convidava a sugestões quanto à composição da assembleia e era clara no sentido de que o seu objectivo era uma participação significativa do Terceiro Estado; a intenção, em poucas palavras, era enfraquecer o poder da nobreza reforçando o da burguesia – que era vista como aliada do rei.

Como a rainha disse ao irmão, não tinha sido um ano bom. Maria Antonieta concluía a sua carta da seguinte maneira: «Se Deus quiser, o próximo será melhor!»

Em meados de Agosto de 1788, o Tesouro estava à beira da bancarrota. Os cálculos oficiais eram claros: os fundos para as «despesas do Estado esgotar-se-iam dentro de um ou dois dias». Tornava-se evidente para a ansiosa rainha, ainda no seu papel político, ao mesmo tempo que procurava galvanizar o seu impassível marido, que era necessário voltar a chamar o único homem capaz de restaurar a confiança pública. Esse homem era Jacques Necker, conhecido como a encarnação das virtudes financeiras dos suíços protestantes, afastado das suas funções sete anos antes e de quem a rainha pessoalmente não gostava.

Necker foi chamado à presença da rainha às dez horas da manhã do dia 26 de Agosto. Foi nomeado controlador das Finanças e admitido no Conselho de Estado, posição que lhe tinha sido interdita em 1781 devido ao facto de ser protestante. A brilhante filha de Necker, Germaine de Staël, que era casada com o embaixador sueco e estava felicíssima com o regresso do pai, observou causticamente que por ocasião da festa de São Luís tinha sido muito menos bem recebida pela rainha do que a sobrinha do despedido Brienne. Germaine pôde acrescentar com satisfação que a atitude dos cortesãos era muito diferente: «Nunca tanta gente se ofereceu para me acompanhar à carruagem.»

A amizade do conde Fersen – tanto romântica como de apoio – foi mais importante do que nunca para a rainha. O sueco desempenhava um papel duplo. Era o admirador de Maria Antonieta e era o emissário do rei da Suécia em várias funções. Apesar de ser coronel de um regimento francês – se bem que constituído por oficiais e soldados suecos e estacionado em Maubeuge –, Fersen continuava a fazer parte do séquito do rei Gustavo. O seu papel como uma espécie de oficial de ligação entre as cortes francesa e sueca tornou-o valioso para Luís XVI, independentemente da sua presumível posição como amante de Maria Antonieta.

Nos anos anteriores, Fersen tinha viajado constantemente entre a França e a Suécia e as suas ausências ficaram marcadas pela sua correspondência com «Josefina», registada no seu Livro de Cartas. A sua relação sexual com Maria Antonieta terá continuado? O mesmo senso comum que sugeriu que a rainha e Fersen tinham começado o seu caso amoroso em 1783, sugere novamente que a sua relação, se bem que longe de terminada, estava a transformar-se gradualmente em algo mais romântico do que carnal. Fersen passara a ser o seu cavaleiro andante, ao mesmo tempo que se tornava, cada vez mais, um aliado político vital.

Durante algum tempo, parecia que os pressentimentos sombrios de Maria Antonieta eram injustificados. O estado de espírito popular foi descrito por Fersen numa carta enviada ao seu pai: «É um delírio; toda a gente se pensa um legislador, ninguém fala de outra coisa senão de progresso.» Um outro estrangeiro, Thomas Jefferson, tinha uma visão ligeiramente diferente da situação. Toda aquela conversa política, resmungou, estava a arruinar a alegria e a despreocupação da sociedade francesa.

Como parte da operação de controlo da contínua crise financeira, o Parlamento foi reconduzido. A Assembleia de Notáveis foi convidada a dar a sua opinião sobre a composição dos Estados Gerais. O princípio do *doublement*, através do qual a representação do Terceiro Estado duplicaria em relação ao passado, foi finalmente aceite a 27 de Dezembro de 1788.

Tanto Luís XVI como Maria Antonieta acreditavam que o Terceiro Estado, a burguesia, era o aliado natural da Coroa contra os outros dois, até então prevalecentes. «As ilusões vão durar pouco!», escreveu o marquês de Bombelles. No entanto, as saudações populares de «Viva o Rei», juntamente com as de «Viva o Terceiro Estado», eram um sinal de esperança.

A natureza encarregou-se de lançar outro golpe desastroso sobre as finanças da França. Dezoito meses antes, um Verão bastante mau tinha resultado em colheitas escassas praticamente por todo o país. Agora, o Inverno de 1789 era o mais rigoroso de que havia memória. Começando com um nevão terrível na véspera de Ano Novo, seguiram-se dois meses de temperaturas enregelantes, de tal modo que os correios morriam de frio entre Versalhes e a capital e Jefferson sentiu que estava na Sibéria e não em Paris. Os ricos patinavam e andavam alegremente de trenó, mas o sofrimento dos pobres era terrível, visto que o preço do pão – um factor de primeira importância – tinha subido. Sob tais condições de miséria, era inevitável que aparecessem rumores de uma conspiração: os grandes, incluindo Artois e a rainha, tentavam supostamente provocar uma escassez de farinha para conseguir ainda mais lucros.

Nos últimos dias de Abril rebentou um violento motim em Paris, que ficou conhecido pelo nome do fabricante de papel de parede Réveillon, que supostamente terá tomado a decisão de baixar os salários dos seus trabalhadores. De facto, mais do que a decisão de Réveillon, foram os boatos e os mal-entendidos que causaram a revolta. Mesmo assim, morreram 300 pessoas. À parte a perda de vidas, o motim Réveillon teve como consequência a convicção do governo de que o povo de Paris estava a ficar descontrolado, ao mesmo tempo que as pessoas sentiam o governo pronto a usar a força militar contra elas.

Seis dias mais tarde, toda a família real foi obrigada a exibir-se em público em Versalhes, num cortejo dos deputados dos três estados recentemente eleitos. O cortejo, desde a Igreja de Notre-Dame até à Igreja de Saint-Louis, foi encabeçado por toda a família real e os príncipes e princesas de sangue – com uma excepção significativa: o duque de Orleães, um dos deputados da nobreza, decidira-se por uma provocação. Contra as ordens expressas do rei, misturou-se com a multidão vestida de negro e sem espadas do Terceiro Estado.

Todas as janelas estavam pejadas de espectadores, que decidiram aplaudir Orleães. Por outro lado, a rainha foi recebida com um silêncio gelado. Em determinado momento ouviu-se um grande «Viva o Duque de Orleães!» gritado quase na cara de Maria Antonieta, fazendo-a vacilar momentaneamente antes de recuperar a sua dignidade. Só um pequeno espectador conseguiu melhorar o estado de espírito do rei e da rainha. O delfim viera de Meudon para assistir ao espectáculo. Quando os pais viram a sua silhueta mirrada, sorrindo corajosamente na sua direcção, os olhos de ambos ficaram involuntariamente rasos de água.

O rei e a rainha usavam trajes resplandecentes e estavam carregados de jóias. Infelizmente, assim que o serviço religioso começou na Igreja de Saint-Louis, o sermão do bispo de Nancy lembrou a todos, realeza e deputados, que aquele espectáculo não passava de uma mera camuflagem da situação que se vivia. O bispo aproveitou a ocasião e estabeleceu o contraste entre o luxo da corte e o sofrimento do povo. A rainha limitou-se a franzir os lábios com aquela expressão desdenhosa que se tornaria cada vez mais familiar no futuro. Por outro lado, o rei lidou com a ocasião à sua própria maneira, adormecendo. Quando acordou, descobriu que a audiência aplaudia vigorosamente o bispo, algo que nunca tinha acontecido numa igreja onde estava exposto o Santíssimo Sacramento.

No dia seguinte, os 1100 deputados encontraram-se no Salon des Menus Plaisirs, no interior do Palácio de Versalhes. Um deles, inconfundível, era Honoré, conde de Mirabeau. Aos quarenta anos, este nobre radical era por vezes chamado de «tigre», mas, com a sua altura e a cabeleira desgrenhada, mais parecia um urso. A sua vida privada escandalosa e as suas dívidas já tinham provocado escândalo na sociedade francesa. Agora estava presente, não como deputado do nobre Segundo Estado, mas como deputado do Terceiro.

O rei falou sobre a crise financeira e a dívida do Estado, que atribuía – justamente – às despesas de «uma guerra americana exorbitante mas honrosa». O monarca terminou a sua intervenção com uma frase feliz, declarando-se «o primeiro amigo do seu povo». Luís XVI foi aclamado com gritos de «Viva o Rei» e também se ouviram alguns de «Viva a Rainha», contrastando com o silêncio com que Maria Antonieta tinha sido recebida inicialmente.

Segundo uma testemunha, os vivas foram instigados pela expressão trágica no rosto de Maria Antonieta. A sua melancolia devia-se, não só ao estado de saúde do delfim, como à consciência que tinha da sua própria impopularidade. A criança pálida, que tinha sorrido tão corajosamente aos pais à passagem do cortejo real, regressara rapidamente a Meudon. Era evidente que estava a morrer. À medida que o naufrágio se aproximava – nas palavras de Germaine Staël –, o casal real passava todos os momentos possíveis à sua cabeceira. Ao mesmo tempo, os deputados do Terceiro Estado descobriam novos direitos e exigiam a sua implementação.

Maria Antonieta estava à cabeceira do filho, em Meudon, quando o fim chegou, na madrugada do dia 4 de Junho. Luís XVI, que o tinha visitado no dia anterior, recebeu a notícia da boca do duque d'Harcourt às seis horas da manhã. O rei escreveu no seu diário: «Morte do meu filho à uma hora da manhã.» O rapaz cujo nascimento tinha sido saudado com palavras triunfantes do pai para a mãe, «Madame, realizastes os meus desejos e os da França», estava morto, «um velho decadente» coberto de chagas, aos sete anos e meio. Em seguida, a etiqueta roubou aos pais enlutados a consolação que o ritual muitas vezes traz. Por costume, os reis não tomavam parte nas exéquias.

O rei teve de suportar o luto e também os esforços determinados dos deputados do Terceiro Estado, liderados pelo célebre astrónomo Jean Sylvain Bailly, que lhe pediram uma audiência para discutir os preparativos da reunião dos Estados Gerais. O monarca recusou-se a recebê-los no dia da morte do seu filho e nos dois dias seguintes, dizendo que não era possível devido à «minha actual situação». Quando eles insistiram, no dia 7 de Junho, o rei comentou amargamente: «Então não há pais no Terceiro Estado?»

O contraste entre o luto real e o entusiasmo nacional foi algo que Maria Antonieta nunca conseguiu ultrapassar. «A nação mal deu pela morte do meu pobre delfim.» Há muito que a rainha tinha perdido a estima dos Franceses. Restava saber se eles manteriam a dela.

* * *

O Terceiro Estado tomou decisões cruciais na semana em que o rei e a rainha estiveram em Marly, a chorar o delfim. À 17 de Junho, os seus deputados declararam unilateralmente que eram uma Assembleia Nacional e que esta tencionava dar à França uma nova Constituição. A 20, afastados do salão onde habitualmente se reuniam, juntaram-se na Sala do Jogo da Péla de Versalhes e prestaram juramento. Este juramento ignorava os poderes teóricos do monarca, o que foi um grande – grosseiro ou corajoso – gesto de desafio. Necker, o moderado, o conciliador do Terceiro Estado, advogou algumas concessões para acalmar a situação. Os irmãos do rei, Artois e Provença, por outro lado, influenciaram fortemente o rei noutra direcção, arrastando consigo a rainha.

Entretanto, Mirabeau, cujos improvisos eloquentes mantinham os deputados dominados, declarou: «Estamos aqui por vontade do povo, só daqui sairemos pela força das baionetas.»

A 9 de Julho deu-se outro passo revolucionário quando a anterior Assembleia Nacional se transformou numa Assembleia Nacional Constituinte, com poder para legislar. La

Fayette avançou com uma declaração dos direitos humanos que se baseava na Declaração da Independência Americana.

Na perspectiva de novos motins violentos, como o de Réveillon, em Abril, 30 mil soldados entraram em Paris para assegurar a ordem. A 11 de Julho, Necker foi demitido. Como continuava a ser popular junto do povo, o seu desaparecimento – o rei disse-lhe que contava que a sua partida fosse «pronta e secreta» – foi mais um elemento a acrescentar ao descontentamento geral.

Os motins de 12 de Julho, que levaram ao encerramento dos teatros e da ópera, continuaram, mais violentos ainda, no dia seguinte. Houve também um incidente menor quando as tropas do Regimento Real Alemão, sob o comando do príncipe de Lambesc, foram apedrejadas. A situação, porém, entrou em erupção quando os soldados responderam. O caso Lambesc prejudicou muito a reputação real com a ideia de que as tropas do rei estavam deliberadamente a atacar o seu povo. Era apenas um presságio do que estava para vir.

No dia seguinte, a Bastilha, a grande fortaleza-prisão, foi assolada por uma multidão que queria as armas e a pólvora nela armazenadas para se armar contra as depredações do Estado.

Houve cerca de cem mortos e mais de setenta feridos durante o assalto. Estes tornaram-se imediatamente mártires nos mitos na cidade. O governador da fortaleza morreu às mãos da multidão furiosa depois de se ter rendido, juntamente com outro oficial; as suas cabeças foram passeadas pelas ruas espetadas em estacas. Depois disso houve descrições fantásticas da descoberta de carregamentos secretos de trigo que seriam destinados ao consumo pessoal do rei, ou de carruagens carregadas com roupas para Maria Antonieta se disfarçar. De facto, nesse dia foram libertados sete prisioneiros de Estado – dois loucos, quatro falsários e um criminoso que, por acaso, era nobre.

A rainha passou o dia 14 de Julho, tal como o resto da corte, na ignorância do que se estava a passar em Paris. Também parecia que ninguém tinha pressa de informar o rei.

Luís XVI estava na cama quando o duque de Liancourt, um aristocrata com simpatias liberais, lhe deu a notícia.

– É uma revolta? – perguntou Luís XVI.

– Não, Sire – replicou Liancourt –, é uma revolução!

VI

No dia seguinte à tempestade da Bastilha, o rei visitou a Assembleia Nacional no salão desta, em Versalhes. Mirabeau encerrou os aplausos com que o soberano foi recebido com as seguintes palavras agoirentas: «O silêncio do povo é uma lição para os reis.»

Para fazer face a uma cidade em ebulição, formou-se uma Guarda Nacional, ou uma milícia de cidadãos, sob o comando de La Fayette e com a bandeira tricolor como distintivo, para substituir as Gardes Françaises. Por toda a França foram criadas outras milícias. O astrónomo Bailly foi eleito presidente da Câmara de Paris. Em Versalhes, estes desenvolvimentos eram menos importantes do que o futuro imediato da corte. O sentimento geral era de pânico perante a violência, aparentemente imparável, que se desencadeara.

Devido ao sentimento de ódio pela duquesa de Polignac, conhecida como a extravagante e malévola favorita da rainha, pensou-se ser uma decisão adequada a família Polignac partir imediatamente para a fronteira suíça. Também partiram o conde e a condessa d'Artois, bem como o leitor de Maria Antonieta, o abade de Vermond, seu conselheiro particular durante vinte e cinco anos.

A duquesa de Polignac foi substituída nas suas funções de preceptora real pela marquesa de Tourzel, uma viúva de quarenta anos com cinco filhos, incluindo a sua filha de dezoito anos, Pauline, que a acompanhou.

O aspecto mais significativo da fuga dos membros mais à direita do séquito real foi a criação de um governo-sombra no estrangeiro. O conde de Provença, herdeiro da coroa depois do pequeno Luís Carlos, de quatro anos, continuava em Versalhes, mas Artois e os seus filhos já estavam longe do alcance dos revolucionários, fossem quais fossem as suas intenções em relação à monarquia.

Por que razão a rainha, o membro menos popular da corte, ficou para trás? A resposta está no seu sentido do dever. Apesar de assustada com o espectro da impopularidade e apreensiva quanto ao que se lhe podia seguir, Maria Antonieta estava, no entanto, determinada a preservar a sua posição como mulher do rei e mãe do delfim.

Porém, se não estava disposta a fugir, por que razão a família real não foi para um lugar seguro depois da ultrajante demonstração de violência do dia 14 de Julho? O rei, como de costume, aconselhou-se, mas infelizmente as opiniões demonstraram ser incompatíveis e a personalidade mais forte presente, o conde de Provença, aconselhou-o a ficar em Versalhes.

Em vez de partir para a fronteira, o rei foi a Paris a 17 de Julho – sem a rainha – na intenção de estabelecer a calma. O monarca foi «levado em triunfo… como um urso amestrado» pelos deputados e pela milícia da cidade. Um destes deputados era um advogado de Arras, no início da casa dos trinta, chamado Maximilien Robespierre, que tinha, enquanto estudante, feito um discurso ao rei em latim por ocasião da sua coroação mas que, entretanto, tinha abraçado opiniões políticas bastante diferentes.

O mais significativo de tudo neste período de símbolos foi Luís XVI ter-se permitido aparecer à varanda da Câmara Municipal com a roseta tricolor no chapéu.

«A Revolução em França foi levada a cabo», escreveu o ministro russo em Paris, Jean Simolin, a 19 de Julho «e a autoridade real aniquilada.»

Entretanto, nada do que tinha acontecido até então aliviara o problema da escassez de alimentos. Havia motins por causa do pão em Versalhes, onde um padeiro foi quase enforcado a 13 de Setembro por alegadamente ter favorecido os clientes ricos com pães de melhor qualidade. Em Paris, a fome que se anunciava tornou as mulheres cada vez mais agressivas, na tentativa de proteger as suas famílias. O presidente da Câmara, Bailly, foi forçado a receber várias delegações de mulheres que, a propósito dos padeiros, gritavam em público «os homens não percebem nada». Estas manifestações aconteciam em paralelo com as discussões da Assembleia Nacional sobre os poderes do rei. Deveria ele ter direito absoluto de veto nas questões legislativas, ou o poder da Assembleia era supremo? O que os dois movimentos tinham em comum era um sentimento crescente de que as coisas correriam melhor se o rei, ausente desde 17 de Julho, regressasse a Paris.

Foi a tentativa de assegurar a segurança da família real numa situação tão difícil que se tornou a centelha que levou à conflagração. O Real Regimento da Flandres foi trazido de Douai para Versalhes e no dia 1 de Outubro foi dado um banquete no teatro em Versalhes, no qual a guarda pessoal do rei confraternizou com os recém-chegados, sentados alternadamente em redor da mesa. O rei e a rainha, esta última com a sua recente política de isolamento, não tencionavam, no entanto, comparecer, mas o entusiasmo dos soldados levou um cortesão imprudente a sugerir que eles aparecessem. Infelizmente, a ocasião foi transformada, na imprensa parisiense do dia seguinte, numa afronta deliberada ao novo regime nacional. «No decurso de uma orgia», segundo o jornal revolucionário *L'Ami du Peuple*, a roseta tricolor tinha sido calcada aos pés. As canções fervorosamente cantadas incitavam à contra-revolução. Foi assim que as chamas se atearam.

No dia 5 de Outubro, segunda-feira, a rotina em Versalhes ainda tinha alguma semelhança com a normalidade. A rainha estava no Petit Trianon, desfrutando do que seria o seu último dia na sua «casa de recreio». O rei andava a caçar na floresta, em Meudon, e estava a divertir-se muito quando recebeu uma mensagem urgente e, como o seu diário regista, foi «interrompido pelos acontecimentos».

Os acontecimentos em questão diziam respeito a uma marcha de vendedoras do mercado que tinha saído de Paris às dez horas da manhã. As mulheres tencionavam exigir cereais ou farinha ao seu soberano em Versalhes, assim como a sua autorização, até então negada, para algumas mudanças constitucionais propostas pela Assembleia. Às três horas, o rei estava de volta. Ao mesmo tempo a mensagem foi também enviada à rainha, que também regressou.

Seguiu-se uma série de discussões quanto ao modo como a família real devia preparar-se para a esperada invasão. Não seria melhor fugir para Rambouillet, duas vezes mais longe de Paris do que Versalhes e muito mais seguro? Luís XVI não conseguia decidir-se a fugir, recusando relutantemente tornar-se um «rei fugitivo».

Nenhuma decisão tinha sido tomada quando as primeiras vendedoras chegaram a Versalhes, por volta das quatro horas da tarde, com o corpo principal a fazer a sua aparição em Versalhes entre as cinco e as seis. Uma mensagem de La Fayette – de que trazia consigo a Guarda Nacional para manter a segurança – também foi recebida cerca das seis horas, dando à família real a impressão de que ainda tinha uma oportunidade para reconsiderar a sua situação. Quando uma representação das vendedoras do mercado entrou na antecâmara dos aposentos do rei, Luís estava em reunião com os seus ministros. Quando esta acabou, o monarca acedeu em receber uma única mulher. Esta mostrou ser suficientemente teimosa para discutir com o rei as necessidades de pão do povo de Paris. Quando o monarca se ofereceu para falar com os directores de dois celeiros para libertar as possíveis reservas, a mulher foi ter com as camaradas, mas regressou pouco depois para exigir a ordem do rei por escrito. Luís XVI escreveu-a e assinou-a.

Seguiu-se um braço-de-ferro entre a multidão no pátio de Versalhes e a família real e a sua guarda pessoal. O objectivo original de assegurar alimentos foi ultrapassado pelo de transferir o rei para Paris e a ideia de a família real partir para Rambouillet, que tinha sido retomada, tornou-se impossível porque os arreios das carruagens do rei, no pátio de Versalhes, tinham sido cortados.

Na calma precária que se instalou depois da meia-noite, com a partida de La Fayette, foi a rainha que reconheceu a sua particular vulnerabilidade e recusou dormir nos mesmos aposentos do rei, onde estaria mais segura, para não o pôr a ele e aos seus filhos em perigo. Em vez disso, deitou-se sem sono na sua própria cama.

O ataque aconteceu por volta das quatro horas da manhã. A aia da rainha, Madame Auguié, ouviu gritos. Quando foi à porta da antecâmara que dava para a casa da guarda, ficou espantada por ver um soldado coberto de sangue a gritar-lhe: «Salvai a rainha, Madame, eles querem assassiná-la!» As damas vestiram Maria Antonieta à pressa, desesperadas. Foi tomada a decisão de fugir para a segurança dos aposentos do rei pela escada secreta que tinha sido construída anos antes de modo a que o monarca pudesse fazer as suas nervosas «visitas conjugais» com maior privacidade. Mal a rainha tinha saído, já a multidão, depois de matar dois guardas, tinha entrado. Segundo vários relatos, furaram a grande cama de Maria Antonieta com os seus chuços, quer para terem a certeza de que ela não se estava a esconder, quer como um acto simbólico de desafio.

Mais tarde, Maria Teresa prestou tributo à coragem e sangue-frio da sua mãe ao longo do seu calvário; Pauline de Tourzel também se recordou para sempre dos seus gestos tranquilizadores e palavras amáveis: «Não tenhas medo, Pauline.» Porém, o seu comportamento corajoso coexistia com um íntimo terror do qual não conseguiria nunca libertar-se por completo.

Com o nascer do dia tinha-se reunido uma multidão no pátio, no lado de fora da varanda que dava para os aposentos do rei, exigindo o seu aparecimento. Mas quando este apareceu, acompanhado da mulher e dos filhos, não era isso que eles queriam. Maria Antonieta não tinha nada que continuar a fazer o papel de Mãe da Nação... A imagem foi duramente rejeitada com gritos: «Os filhos não! Os filhos não!» Maria Antonieta, muito pálida e convencida de que se aparecesse sozinha seria abatida por um assassino, decidiu continuar junto do marido.

Em breve os gritos de «Para Paris! Para Paris!» se sobrepuseram a todos os outros. Devido ao que tinha acontecido e ao que estava a acontecer, era difícil o rei sentir que tinha outra alternativa. A multidão queria afastar o rei da sua base de poder, o seu palácio, mas por outro lado a Guarda Nacional prometia mais controlo em Paris do que fora capaz de assegurar em Versalhes.

Ao meio-dia e meia hora formou-se na estrada de Versalhes para Paris um cortejo extraordinário que levaria quase sete horas a chegar à capital. A procissão não era só constituída pela multidão e pelos membros da família real ainda em França, levava também as cabeças decapitadas dos guardas que tinham sido seus companheiros habituais.

Na carruagem do rei, onde os ocupantes seguiam em estado de horror total, operou-se uma troca significativa de palavras entre Luís XVI e a sua irmã, Madame Elisabeth. O rei viu a irmã a olhar fixamente pela janela quando passavam por Montreil, que ela adorava. «Estais a admirar a vossa avenida de tílias?», perguntou-lhe ele com o seu habitual ar bondoso. «Não, estou a dizer adeus a Montreuil», respondeu ela.

Quando o cortejo chegou às portas de Paris, foi recebido pelo presidente da Câmara, Bailly, que arranjou maneira de fazer uma referência ao facto de o antepassado do rei, Henrique IV, ter conquistado a cidade e de naquele momento a cidade ter conquistado Luís XVI. As coisas correram melhor na Câmara Municipal, onde o rei disse: «É sempre com prazer e confiança que me encontro entre os valorosos habitantes da minha boa cidade de Paris.» Quanto a Maria Antonieta, continuava como sempre aparentemente serena, como se nada tivesse acontecido nas últimas vinte e quatro horas.

A cena que viram à chegada às Tulherias, porém, não inspirava a confiança de que o rei tinha falado. Além disso, os seus familiares guardas pessoais tinham sido substituídos pela Guarda Nacional. O problema era que o Palácio das Tulherias estava ao mesmo tempo arruinado e cheio de gente. O seu interior era escuro e depressivo, com tapeçarias antigas e desbotadas e com andaimes por toda a parte. Apesar de Maria Antonieta ali conservar um pequeno *pied-à-*

-terre para as suas visitas mais demoradas a Paris, os verdadeiros habitantes eram os criados da corte e as suas respectivas famílias, cerca de 120, que tinham aproveitado a oportunidade para lá se instalarem.

«Os reis que se tornam prisioneiros não estão longe da morte», murmurou Maria Antonieta para Madame Campan. Porém, a família real estaria realmente prisioneira? Continua a ser uma pergunta interessante e que ficou sem resposta, visto que os acontecimentos dos últimos dias significavam que ninguém da família real iria testar os limites da sua liberdade.

* * *

Uma vez ultrapassada a desolação da chegada, a vida nas Tulherias aproximou-se de uma espécie de estranha normalidade. Os meios financeiros atribuídos pela Assembleia Nacional ao rei para as suas despesas – 25 milhões de libras – eram generosos e havia ainda os rendimentos das suas propriedades. A corte continuava a contar com mais de 150 pessoas para além das perto de 700 nas Tulherias, sem contar com as tropas. A Guarda Nacional ao serviço do rei não era constituída por monstros, antes por homens sensíveis e bem-educados da burguesia sob o comando de um membro da família Noailles. As apresentações na corte continuaram a realizar-se e, num gesto de condescendência à nova ordem, o presidente da Câmara, Bailly, foi agraciado com o Direito de Entrada.

A vida doméstica de Maria Antonieta continuou singularmente na mesma. A família real continuou a ir à missa em público, tal como fazia em Versalhes. A rainha trabalhava nas suas tapeçarias com as suas damas como sempre gostara de fazer, incluindo projectos em grande escala para cobrir o mobiliário. Acima de tudo, passava muito tempo com os filhos que, como ela dizia, estavam a crescer: «Estão sempre comigo e são a minha única felicidade.»

Provavelmente, foi o conforto da presença constante dos filhos que fez com que o seu estado de saúde – preocupação que já vinha de trás – melhorasse assim que a rainha se instalou nas Tulherias. Ou talvez tenha sido simplesmente, segundo as palavras de Madame Campan, o facto de «todas as faculdades da sua alma terem sido chamadas a amparar a sua força física». Por outras palavras, Maria Antonieta, filha de Maria Teresa, sabia como manter as aparências.

Este aparentemente imutável círculo real escondia o facto de que havia grandes mudanças políticas, que estavam não só em curso, como a ser aceites pelo rei. Catarina, *a Grande*, numa carta escrita pelo seu punho na despótica Rússia, mostrou uma grande indiferença perante os acontecimentos recentes: «Os reis devem continuar o seu caminho sem se preocuparem com os gritos do povo, tal como a Lua prossegue o seu curso sem ser detida pelos latidos dos cães.» Esta era uma opção que o rei de França não podia considerar. Uma nova Constituição estava lentamente – muito lentamente – a ser elaborada pela Assembleia Nacional.

A 4 de Fevereiro, a conselho de Necker, o rei chegou ao ponto de se descrever a si próprio como «à cabeça da revolução» num discurso à Assembleia. Esta cena conciliadora enfureceu os monárquicos no estrangeiro, para quem, do exílio, era fácil denunciar a diminuição do poder do rei.

A ideia da fuga estava sempre presente. Imediatamente após os acontecimentos de 6 de Outubro, Maria Antonieta mandou chamar às Tulherias o secretário do Comando da Rainha, Augeard, e deu-lhe uma das pequenas chaves que permitiam que os seus servidores mais próximos pudessem entrar e sair sem serem vistos. Augeard sugeriu que devia ir uma pessoa leal a Viena pedir ajuda. Quando a rainha lhe perguntou: «E quem seria essa pessoa?», o secretário respondeu: «Vossa Majestade.» «O quê?», exclamou a rainha. «Deixaria o rei sozinho.»

Segundo Augeard, a rainha escutou-o com toda a seriedade antes de rejeitar a proposta. A 19 de Outubro de 1789, Maria Antonieta disse-lhe: «Já reflecti o que tinha a reflectir; não parto; o meu dever é morrer aos pés do rei.» No entanto, é evidente que tanto a rainha como os amigos que a rodeavam olhavam com outros olhos para a sua situação. A 12 de Novembro, por exemplo, Mercy inspeccionou o contrato de casamento elaborado quase vinte anos antes e reparou que, em caso de viuvez, Maria Antonieta poderia continuar em França ou regressar à Áustria. Em 1789, porém, era a sua liberdade de acção, e não a sua viuvez, que estava em questão.

Não teria sido muito difícil «resgatar» Luís XVI no Verão de 1790 ou, na verdade, o próprio rei ter fugido. O seu diário mostra que em Maio o soberano saía a cavalo quase todos os dias. A reunião da rainha e dos seus filhos ao chefe da família, mais tarde, poderia ter causado maiores problemas, se não insuperáveis naquele estado de coisas. Em Junho, a família real foi autorizada a ir para Saint Cloud, como sempre fazia naquela época do ano para evitar o calor. Não só precisavam todos desesperadamente de ar fresco, como ficavam isolados da atmosfera ameaçadora de Paris, onde os insultos eram diariamente gritados à pessoa da rainha.

Neste ponto, o destino da família real, através de uma eventual fuga ou de uma partida digna, começou a ser discutido. Atravessar a fronteira? Ir para o estrangeiro para se tornarem joguete dos emigrados seria um passo perigoso para o rei em termos de propaganda. Quanto à situação na Áustria, a morte do imperador José II no dia 20 de Fevereiro de 1790, arrasado pelo trabalho árduo e minado pela tuberculose, provocou grande dor em Maria Antonieta. Complicou também a sua relação com o seu país. A rainha sentia que tinha perdido «um amigo e um irmão». Havia vinte e cinco anos que não tinha qualquer contacto com o seu sucessor, Leopoldo, duque da Toscana. No entanto, era deste seu poderoso irmão que Maria Antonieta dependia para controlar os emigrados por um lado e, por outro, para sustentar a sua posição, possivelmente com dinheiro. Devido ao comportamento cada vez mais marcial de Artois, fazia sentido o rei e a sua família continuarem dentro das fronteiras de França.

Se os príncipes contra-revolucionários significavam problemas no estrangeiro, o clero católico francês prometia complicações semelhantes em França. À Constituição Civil do Clero, em Julho de 1790, seguiu-se, no fim de Novembro, a ideia de um juramento de lealdade ao Estado. Todos os padres tinham de jurar. Os que não o fizessem seriam proibidos de exercer as suas funções. Luís XVI esforçou-se desesperadamente para que o Papa tolerasse o juramento. Pio VI recusou comprometer-se.

Começavam a desenhar-se os contornos do conflito. A 10 de Março de 1791, o Papa condenou a Revolução Francesa em geral e a Constituição Civil do Clero em particular. Três dias mais tarde eram publicados *Os Direitos do Homem* de Thomas Paine. Apesar de terem sido escritos para apoiar a nova revolução e de terem sido dedicados a George Washington, Paine foi acusado de traição em Inglaterra e fugiu para França. O livro, no entanto, foi um *best-seller* instantâneo, tanto em Inglaterra como nos diversos países onde foi traduzido.

O angustiado rei foi confrontado com o problema do cumprimento dos seus deveres pascais, a necessidade absoluta de receber a comunhão na celebração do Domingo de Páscoa – 24 de Abril de 1791 – que era uma obrigação de todos os fiéis. Como poderia aceitar o sacramento das mãos de um padre juramentado? E como evitá-lo? Era impensável para as duas reais tias sobreviventes, Adelaide e Vitória, receber a Comunhão das mãos de um padre juramentado. As velhas damas não queriam saber do bem-estar do seu sobrinho ou da família real no seu todo e começaram a fazer preparativos para se instalar na atmosfera espiritualmente mais saudável de Roma, para onde partiram finalmente no dia 19 de Fevereiro.

A fuga das reais tias transformou-se num desastre de relações públicas. Foi necessária uma carga dos dragões para afastar a multidão hostil. Em seguida, as velhas tias foram detidas durante onze dias no decurso da sua viagem por outros manifestantes. Para poderem prosseguir, as damas foram obrigadas a apelar à nova lei implementada pela Assembleia

Nacional, pela qual todos os cidadãos podiam viajar para onde muito bem lhes apetecesse.

Nessa altura, Maria Antonieta já estava convencida de que era necessário fugir para salvar a Coroa: «Se nos demorarmos muito, arriscamo-nos a perder tudo.» Luís XVI continuava indeciso.

Evidentemente, a lógica da posição de Maria Antonieta – que a Coroa de França devia ser preservada custasse o que custasse – ditava que ela devia ter fugido acompanhada apenas pelo delfim. Originalmente sugerido pelo secretário de Maria Antonieta, Augeard, com a ideia de que Luís Carlos devia ir vestido de rapariga, este plano de fuga da mãe e do filho foi sempre o que teve mais hipóteses de sucesso.

Seguiu-se nova tentativa de retirar Luís Carlos dos olhares ávidos da nação. Tanto o seu estatuto como a sua futura educação estavam a tornar-se uma questão de debate. A 11 de Dezembro de 1790, o abade Audrein apresentou uma sugestão à Assembleia Nacional. O delfim devia passar por um elaborado programa educacional, comer «frugal mas saudavelmente» e ser servido pelo menor número de criados possível. Este regime não era difícil – era talvez semelhante à educação de um moderno príncipe herdeiro – mas, do ponto de vista dos pais do delfim, o princípio é que era sinistro: «As crianças reais pertencem à Nação e devem ser educadas por ela.»

Estas nuvens negras sobre a cabeça do seu filho não convenceram Maria Antonieta a mudar de opinião e a fugir com Luís Carlos. Como disse ao conde Luís de Bouillé, a família real jurara ficar junta depois dos acontecimentos de 6 de Outubro e ela tencionava honrar o que prometera. Esta mulher era capaz de ser corajosa, não de ser cruel.

A encomenda de uma grande e resistente carruagem de viagem, uma *berline de voyage*, no dia 22 de Dezembro de 1790, foi um momento significativo nos planos de fuga da rainha. A berlinda era boa por diversas razões. A primeira era o grande número de viajantes com quem Maria Antonieta estava inexoravelmente comprometida, pois podia transportar seis adultos no seu interior. A segunda era a participação do conde Fersen em todos os pormenores práticos. Ostensivamente, a berlinda tinha sido encomendada por uma das amigas do sueco, a «baronesa de Korff», uma aristocrata franco-russa que desejava viajar para a Rússia. De facto, tinha sido o próprio Fersen a pagar umas fantásticas 5000 libras por ela. Em qualquer caso, que se soubesse, não pertencia ao rei ou à rainha, cujas carruagens eram perfeitamente identificáveis.

Naquele tempo, tanto a hospedagem como a segurança das estradas eram duvidosas, de modo que os viajantes tinham de ser praticamente auto-suficientes. No caso da viagem real que estava a ser planeada, estas restrições eram igualmente vitais. Assim, a berlinda teria de ser «uma pequena casa sobre rodas» com uma despensa, uma panela para aquecer carne ou água, uma frasqueira suficiente para oito garrafas, uma mesa guardada por baixo dos bancos e armada por ocasião das refeições e *pots de chambres* de couro: tudo «muito conveniente», como observou a camareira da rainha.

O mesmo se aplicava ao *nécessaire* da Rainha, uma espécie de cesto de piquenique de uma bela madeira de nogueira com uma bacia de prata, minúsculos candelabros e um bule, que se transformava num estojo de viagem cujo conteúdo incluía pequenos ganchos de tartaruga e um espelho. Estes preparativos cuidadosos sublinhavam outro aspecto importante da projectada viagem. Apesar de partirem como fugitivos, os membros da família real não tencionavam chegar como tais. Era como rei e rainha de França, com toda a sua majestade, que Luís XVI e Maria Antonieta tencionavam desembarcar. Assim, a coroa do rei e as vestes reais seriam incluídas na bagagem. As multidões de súbditos leais que se juntariam, assim se esperava, ao seu soberano maltratado, tinham de poder reconhecê-lo quando o vissem. Luís XVI não ultrapassaria as fronteiras de França.

A rainha foi tão inflexível em relação a este assunto como em relação à natureza da sua fuga. O que Maria Antonieta não queria era que o rei fosse visto a fugir para a Áustria ou para os domínios desta. Mesmo se a situação se agravasse em França, preferia ir para a Suíça, via Alsácia, do que para a Áustria.

Por outro lado, a rainha esperava apoio do seu país natal, como lhe chamava sempre, e muitas das suas cartas para o conde Mercy, então em Bruxelas, falavam da sua preocupação em assegurar esse apoio. O ideal seria uma concentração de tropas austríacas na fronteira noroeste, o que daria uma desculpa ao marquês de Bouillé, então em Metz, para deslocar as suas próprias tropas para combaterem a ameaça imperial. Na realidade, essas tropas destinavam-se a agir em apoio do rei à sua chegada.

O verdadeiro problema em relação a este plano é que o imperador Leopoldo não era apenas irmão da rainha de França, era também o líder de uma grande potência com posições ambíguas em relação à França. O imperador não estava nada desagradado com a fraqueza da França devido aos seus problemas internos. As tropas pedidas custariam dinheiro, o que implicava a necessidade de mais fundos.

A verdadeira chave para o comportamento do imperador ficou expressa numa longa e embaraçada carta de Mercy, datada de 7 de Março de 1791, em que ele diz à rainha que não deve contar com ajuda externa, tal como não deve ter quaisquer ilusões quanto ao comportamento das grandes potências, que, como se sabe, «não fazem nada de graça». Embora Mercy afirmasse que o imperador estava acima de tudo isto, referiu os interesses da Áustria em relação à Prússia, que deviam ser tidos em conta.

Ao escrever à rainha alguns dias mais tarde, o imperador mostrou-se ao mesmo tempo pessimista e evasivo. As potências estrangeiras não podiam interferir enquanto o rei e a rainha não estivessem em segurança. Apesar de a única maneira de o conseguirem ser através da fuga, o imperador não encorajou o rei e a rainha a darem esse passo, uma vez que as potências estrangeiras não estavam em posição de os poder ajudar.

A 14 de Abril, ainda sem uma resposta positiva de Viena, Maria Antonieta escreveu uma carta a perguntar se podia contar com a ajuda austríaca: *Sim* ou *Não*?

* * *

Foi a determinação de Luís XVI em cumprir os seus deveres no Domingo de Páscoa, às mãos de um padre refractário, que trouxe uma resolução catártica ao drama do atraso da fuga. Apesar do parecer de vários conselheiros para que se submetesse, o rei não conseguiu receber a comunhão das mãos de um juramentado e decidiu ir a Saint Cloud onde, evidentemente, seria muito mais fácil para um refractário passar despercebido.

Foi então que as terríveis consequências da fuga das reais tias se fizeram sentir. Assim que o séquito real e os seus criados se instalaram nas respectivas carruagens, no pátio do Grand Carrousel, ouviu-se o grito de que o rei estava a tentar fugir. A carruagem do rei, onde também estavam a sua esposa, a sua irmã e os seus filhos, foi rodeada por uma multidão aos gritos e impedida de prosseguir. Luís XVI ficou imobilizado durante quase duas horas a ouvir os insultos.

Calmo, pôs a cabeça de fora para observar que era estranho que ele, que concedera a liberdade à nação, não pudesse desfrutar dela. Interiormente, porém, a cena, com a multidão a controlar os guardas, deixou-lhe uma profunda impressão. O incidente significava que Luís XVI, finalmente, tinha chegado à mesma conclusão que a rainha: era preciso fugir.

No princípio de Maio, a rainha disse a Mercy: «A nossa situação é horrível.» Só quando o rei fosse livre de se mostrar numa «cidade forte» é que o povo, acreditava ela, se reuniria à sua volta em grande número.

A questão agora era saber qual seria a tal «cidade forte». Metz não inspirava confiança; apesar de apenas alguns oficiais estarem «infectados», toda a infantaria era «detestável» devido às suas simpatias revolucionárias, tal como a municipalidade com o seu Clube Jacobino local. Das várias possibilidades, a escolha caiu sobre Montmédy, a cerca de cinquenta quilómetros de Metz, perto da fronteira com o Império dos Habsburgos, mas ainda em território francês, a qual tinha uma boa rede de comunicações. E o percurso? A viagem era longa, cerca de quatrocentos quilómetros por estradas onde a lealdade, tanto de soldados como de cidadãos, poderia ser duvidosa. A escolha óbvia era por Meaux e Reims directamente para Montmédy: uma estrada sempre a direito, a preferida do marquês de Bouillé e do conde Fersen, ambos viajantes experientes.

Subitamente o rei recusou, dizendo que temia ser reconhecido em Reims e nos seus arredores, uma das poucas regiões de França onde era conhecido, graças à cerimónia da coroação, dezasseis anos antes. Assim, a rota escolhida foi em direcção a sul antes de virarem para norte, num lugar chamado Varennes nas margens do Aire, depois atravessar o Meuse e seguir para Montmédy. Este trajecto envolvia tomarem uma estrada secundária depois de Sainte-Ménehould, o que, na opinião de Bouillé, era igualmente perigoso. Porém, o hábito da obediência era demasiado forte no marquês para lhe permitir continuar a discordar do seu soberano. Seria esse o caminho.

A princípio esperava-se que Madame Elisabeth fugisse com o conde de Provença e com a mulher deste, mas, de acordo com o seu princípio de não abandonar o irmão, a princesa fazia parte do grupo principal, o que significava que a berlinda já tinha cinco ocupantes e que, teoricamente, tinha lugar para mais um. Neste ponto, o protocolo e o dever exigiam que a marquesa de Tourzel fosse a pessoa indicada. Não dera ela a sua palavra de que não abandonaria o delfim?

A rainha julgara que o espaço restante seria concedido a algum cortesão qualquer mais velho, acostumado a tomar decisões, mas desistiu-se da ideia de meter um homem de tal calibre no seio do grupo, se bem que não tivesse sido impossível, dado que dois dos seis passageiros eram crianças, uma delas muito pequena. O conde Fersen, que conduziria a ber-

linda na primeira parte da viagem, a saída de Paris, separar-
-se-ia depois do grupo.

Originalmente, Fersen esperara fazer a viagem toda até
Montmédy, mas Luís XVI recusou. A explicação mais provável está no facto de o conde ser estrangeiro apesar do seu
comando militar francês. Era preciso fazer tudo para evitar
qualquer intervenção estrangeira que manchasse a fuga do
rei quando este chegasse a Montmédy.

Fosse qual fosse a razão, o que é certo é que o grupo
da berlinda ficou muito vulnerável: três membros adultos da
realeza, que tinham passado a maior parte das suas vidas num
casulo magnífico onde os rituais substituíam a necessidade
de tomar decisões, uma mulher de meia-idade de saúde
incerta e duas crianças. Os três cavaleiros da escolta também
eram relativamente novos e pouco habituados a comandar.
Era essencial, nestas circunstâncias, que nada corresse mal.

Às sete horas da manhã de terça-feira, 21 de Junho, quando
os criados entraram no quarto do rei para correr as cortinas,
descobriram que a cama real estava vazia. Seguindo para o
quarto do delfim, viram-no também vazio. Às oito menos um
quarto começava o ritual do levantar da rainha. Também ali
a cama estava vazia por detrás das cortinas. Em breve corria
por Paris o grito «Fugiram! Fugiram!», e às onze horas uma
multidão furiosa estava reunida por baixo das janelas das
Tulherias.

Quanto às intenções do rei em relação à fuga, ficaram
totalmente esclarecidas na declaração que Luís XVI deixou,
datada de 20 de Junho e assinada, como era costume, simplesmente por «Luís». O rei sentir-se-ia feliz se pudesse
regressar a uma verdadeira constituição, uma constituição
que ele pudesse aceitar de livre vontade, uma constituição
na qual a «nossa antiga religião» fosse respeitada! Um *post-
-scriptum* proibia os ministros do rei de assinar qualquer
ordem em seu nome até receberem novas instruções suas.

Ao mesmo tempo que esta declaração era lida e a multidão rugia no exterior das Tulherias, a família real, disfarçada, rolava alegremente pelas estradas do Nordeste da
França.

Até então tinha corrido tudo às mil maravilhas, dado que a fuga das bem guardadas Tulherias tinha sido a fase mais perigosa. Era verdade que o horário não estava a ser cumprido, mas os atrasos compreendiam-se numa operação tão delicada e seriam levados em conta por aqueles que os aguardavam.

Na verdade, a fuga dos filhos do rei correu como um mecanismo de relojoaria. Maria Teresa descreveu-se a si própria, mais tarde, como tendo ficado desorientada, apesar de ter sido avisada pela mãe. No entanto, o cortejo de adultos a pé (transportando as crianças) conseguiu sair das Tulherias sem ser notado. A preceptora real e as pessoas que tinha a seu cargo chegaram a uma carruagem simples estacionada num dos pátios laterais das Tulherias, conhecido como Petit Carrousel, e encontraram Fersen sentado na boleia vestido como um cocheiro, a assobiar e a fumar para dar um ar de verosimilhança.

Uma «longa hora depois», foi vista uma mulher nas sombras do Petit Carrousel. Era Madame Elisabeth. Entrando apressadamente para a carruagem, a princesa pisou Luís Carlos, mas este, corajosamente, abafou um grito de dor. A presença do presidente da Câmara Bailly, assim como de La Fayette no seu *coucher*, significava que o rei tinha de ter cuidado em não precipitar a saída, mas finalmente conseguiu passar despercebido pelos guardas.

A única pessoa que faltava era Maria Antonieta. A rainha tinha decidido sair depois do rei para que a sua ausência, a ser descoberta, não prejudicasse a fuga do marido. Assim, teve de esperar pela partida de La Fayette. Minutos mais tarde – no máximo quinze –, quando ela chegou, o rei, num gesto raro de emoção pública, tomou a sua mulher nos braços e abraçou-a, dizendo uma e outra vez: «Estou tão feliz por vos ver!» Até então, o atraso ficara a dever-se unicamente aos inexoráveis rituais da corte.

Já passava da uma e meia da manhã quando Fersen, disfarçado de cocheiro, chegou à berlinda estacionada fora dos limites da cidade, na Porta Saint-Martin. Por precaução, o sueco não tinha tomado a estrada principal, mais directa, mas tinha-a rodeado, provocando um certo atraso no horário.

No primeiro posto, em Bondy, Fersen cedeu o seu lugar de cocheiro e, de acordo com a decisão do rei, abandonou a família real.

A berlinda partiu, mantendo sempre a mesma velocidade, calculada em cerca de dez a quinze quilómetros por hora. Em determinado ponto, o rei olhou para o seu relógio e disse com alguma complacência: «Neste momento, La Fayette já está metido em sarilhos.» Eram mais ou menos duas horas da manhã. Esperava-se que a família real entrasse em contacto com o duque de Choiseul e quarenta oficiais num posto discreto entre as duas e meia e as quatro e meia. Era óbvio que o horário inicial tinha sido demasiado optimista, mas, ao contrário de La Fayette, o séquito real não esperava ver-se metido em sarilhos em resultado desse atraso.

Foi então que o grupo teve o primeiro azar. Os cavalos tropeçaram e caíram uns atrás dos outros, quebrando os arreios, que tiveram de ser reparados. A berlinda estava com duas horas de atraso. Neste ponto o duque de Choiseul, que estava à espera havia duas horas, perdeu a cabeça, decidiu que a missão tinha sido abortada e regressou com os seus dragões a Montmédy.

Às seis horas da manhã um dos cavaleiros, Valory, chegou ao ponto de encontro e ficou espantado por não ver nenhum dragão. Quando a berlinda se lhe reuniu, às seis e meia, a consternação foi geral. Que significava a ausência de Choiseul? Que fazer sem uma escolta militar? Ninguém tinha qualquer ideia, nem os três jovens guardas, acostumados a receber ordens e não a dá-las, nem o rei.

Finalmente, à falta de outra solução mais imaginativa, a berlinda continuou a rolar, chegando a Orbeval – onde continuou a não haver sinal de Choiseul – e seguindo dali para Sainte-Ménehould. Entretanto, a boa sorte da família real estava a acabar. Alguém reconheceu o rei por um breve momento quando o monarca pôs a cabeça de fora da carruagem, ou pelo menos suspeitou da sua identidade. Era um tal Drouet, na casa dos vinte e tantos anos, oficial do posto de Sainte-Ménehould e um forte apoiante da Revolução. Drouet não teve, porém, a certeza, e a berlinda pôde continuar. Só hora e meia depois é que ele e outro homem, Guillaume, se puseram em sua perseguição por ordem da municipalidade. Então já a família real tinha chegado a Clermont. Nesta cidade, o conde de Damas tinha recebido ordem de esperar com 140 homens a passagem do rei. Erradamente alertado de que o grupo não viria, Damas foi pressionado pelos seus oficiais para desmontar e deu ordem para que os cavalos fossem desselados e os homens fossem dormir por volta das nove horas. Quando Damas estava em posição de mandar um intendente de nome Rémy e alguns soldados à procura do rei, Drouet e Guillaume tinham chegado, recebendo informações vitais dos postilhões sobre a rota da berlinda.

A família real chegou a Varennes-en-Argonne, «uma cidadezinha miserável» de cerca de cem habitantes, por volta das onze horas da noite. Apesar de miserável, a sua disposição muito peculiar tornou-se crucial para o destino do grupo. A rua principal descia por uma colina íngreme e ia dar a uma ponte sobre o rio Aire que conduzia à outra parte da cidade. Varennes estava, efectivamente, dividida em duas. A necessidade de cavalos frescos era urgente, mas ninguém sabia onde encontrá-los.

Assim, o grupo do rei viu-se na necessidade de bater às portas na escuridão na parte alta da cidade, ao mesmo tempo que na parte baixa, no outro lado do rio, perto do castelo, no Hotel Le Grand-Monarque, dois oficiais relativamente jovens esperavam com os cavalos necessários, bem como um destacamento do Real Regimento Germânico. Estes oficiais não colocaram vigias e durante algum tempo ficaram na ignorância do que se estava a passar a pouca distância. Assim que Drouet e Guillaume chegaram, dando o alarme na estalagem local, a cidade começou a acordar. Neste ponto crucial, porém, a ponte sobre o Aire estava bloqueada por uma carroça virada, cortando os hussardos da família real.

De facto, podia-se atravessar o Aire em vários sítios, mas ninguém entre os realistas parecia saber onde. Resumindo, a falta de preparação em Varennes revelou-se desastrosa. Ao contrário dos atrasos, era um desastre evitável.

Por esta altura, já o procurador da comuna local, Monsieur Sauce, estava envolvido, graças a Drouet, e foi colocada outra barreira no limite da cidade, ao mesmo tempo que os postilhões eram informados: «O vosso passageiro é o rei.» Os sinos tocaram a rebate, um método tradicional de acordar os habitantes adormecidos. A Guarda Nacional foi chamada. O procurador Sauce estava consciente do valor do tempo, ou antes da demora, visto que a tarefa de prender o rei de França a meio da noite, sem qualquer autoridade, era tudo menos simples. Numa situação tão extraordinária como aquela, qualquer aparência de coerção tinha de ser evitada. Foi assim, com a desculpa da irregularidade dos seus passaportes, que a família real foi persuadida a aceitar a «hospitalidade» da casa de Sauce até de manhã.

A chegada dos emissários da Assembleia Nacional, por volta das seis horas da manhã, com ordens para que o rei regressasse imediatamente a Paris, mudou por completo a situação. Um deles, Romeuf, conhecia a rainha porque era ajudante-de-campo de La Fayette. Ao vê-lo coberto de poeira, Maria Antonieta exclamou: «Senhor, não vos teria reconhecido!» Parece que a rainha também não reconheceu a sua legitimidade porque o desespero provocado pela exaustão deu lugar à raiva: «Que audácia! Que crueldade! Que atrevimento, permitirem-se dar ordens ao rei!»

A viagem que se seguiu foi um pesadelo. O tempo, que até então tinha estado enublado, tornou-se intensamente quente. A poeira era tanta que os cavaleiros da escolta se perderam numa espécie de nevoeiro. No entanto, a família real não foi autorizada a fechar as janelas da carruagem. Como resultado, o pó cobriu-lhes as roupas – as mesmas que usavam desde a partida – já saturadas de transpiração. A quantidade de pessoas hostis à sua volta tornou o andamento intoleravelmente lento. A viagem de Paris a Varennes tinha demorado vinte e duas horas, durante as quais a família real se apoiara na esperança. O regresso demorou quase quatro dias e o ambiente geral era de desolação.

Estavam encarregados da operação três deputados da Assembleia Nacional e dois deles subiram para a berlinda, já de si superlotada.

À entrada de Paris havia uma grande multidão, mas a recepção estava organizada e a família real não correu perigo. La Fayette ordenou que os sinais normais de respeito para com o rei fossem ostensivamente ignorados; todas as cabeças à sua passagem tinham de continuar cobertas e até os moços de cozinha tiveram de se tapar com os seus panos engordurados. Ao mesmo tempo foi emitida uma ordem: «Quem aplaudir o rei será chicoteado; quem o insultar será enforcado.» Assim, o cortejo infinitamente lento e melancólico dos ex-fugitivos exaustos chegou às Tulherias por entre uma multidão quase silenciosa.

Duas semanas depois, o partido dominante na Assembleia, na esperança de conciliar a monarquia tradicional com a reforma, emitiu um comunicado sobre o caso de Varennes, no qual a culpa do rei era nitidamente disfarçada. Luís XVI e a sua família tinham, de facto, sido «raptados» pelo marquês de Bouillé e pelo seu filho. Fersen, Choiseul e Damas foram, entre outros, declarados culpados. Foi uma ficção corroborada por Bouillé numa proclamação em que afirmava não ter recebido quaisquer ordens do rei. Algum tempo depois os estribeiros foram libertados e autorizados a emigrar. O rei e o delfim abraçaram-nos na despedida.

Graças à fuga para Varennes, a reputação de Luís XVI sofrera um rude golpe. Maria Antonieta, por seu lado, já não tinha qualquer reputação a perder; a sua impopularidade era então tão grande, disse o embaixador inglês, que, se tivesse sido libertada pela Assembleia Nacional, teria sido feita em pedaços pela multidão. Seguiram-se rumores de que a rainha seria separada do marido (e dos filhos) e que iria para um convento depois de julgada por crimes contra a nação.

VII

Era de esperar que o calvário de Varennes deixasse a rainha mental e fisicamente perturbada.

A sua plenitude física estava a desaparecer rapidamente. Em 1791, o conde d'Hezecques achou-a magríssima e um retrato a pastel da marquesa de Tourzel mostra uma mulher de meia-idade, macilenta – quase uma velha, apesar de Maria Antonieta não ter ainda trinta e seis anos. A beleza pastoril das imagens de Madame Vigée Le Brun tinha-se desvanecido. Quando cumprimentou Madame Campan pela primeira vez ao regressar às Tulherias depois da aventura de Varennes, Maria Antonieta tirou a touca e mostrou os cabelos brancos devido aos seus sofrimentos.

O rei aceitou publicamente a Constituição a 14 de Setembro. Publicamente, fê-lo «de acordo com o desejo da grande maioria da nação». Em privado, porém, tal como a rainha, o monarca considerou o documento impraticável e que ele próprio beneficiaria das subsequentes convulsões sociais. Como «Rei dos Franceses» – com o delfim como «Príncipe Real» –, Luís XVI aceitou tornar-se monarca constitucional com poderes limitados, mas não privado deles.

Na cerimónia não houve trono, apenas uma cadeira pintada com a flor-de-lis foi disponibilizada para o rei; os deputados também mantiveram as cabeças tapadas enquanto ele falava. A cena foi testemunhada por Maria Antonieta num camarote privado. Em seguida, o rei deixou-se cair numa cadeira de braços e chorou pela humilhação a que tinha sido sujeito – e à qual tinha sujeitado a sua mulher.

É evidente, pela correspondência entre a rainha e Mercy, no seguimento da aventura de Varennes, que Maria Antonieta colocava todas as suas esperanças no irmão, o imperador Leopoldo. A rainha não queria por enquanto ser salva pelas armas, visto que concordava com Luís, como disse a Fersen, no sentido de que «uma operação militar seria extremamente perigosa para toda a gente, não só para o rei e a sua família, como para todos os franceses». Ainda queria menos ficar, com o marido, «sob a tutela dos irmãos do rei».

A fuga bem-sucedida do conde de Provença complicou ainda mais a situação, uma vez que era o herdeiro seguinte na linha de sucessão. A rainha disse ao ministro russo, Simolin, que os príncipes eram muito mais exigentes, muito mais contra-revolucionários do que o rei. Resumindo, se os príncipes fossem os seus libertadores, «em breve agirão como senhores».

A 29 de Setembro, a rainha conseguiu que a princesa de Lamballe regressasse como «um acto patriótico e um penhor das suas intenções». Um mês mais tarde, em resposta às mensagens da sua rainha, a fiel princesa deixou Aix e regressou a Paris, visitando em caminho o duque de Penthièvre, em meados de Novembro. Prudentemente, a princesa fez testamento, fazendo uma doação para obras de caridade – o Hospital Hôtel Dieu – e providenciando o cuidado dos seus cãezinhos. Nas Tulherias, foi-lhe atribuído um apartamento junto do da rainha. Se bem que em alguns meios tenha sido imediatamente acusada de regressar para «práticas lésbicas», a princesa de Lamballe limitou-se a reassumir o seu papel cerimonial junto de Maria Antonieta.

A lealdade da princesa de Lamballe, visível aos olhos do público, contrastava com a dos príncipes emigrados. Como alguns membros da anterior Assembleia Constituinte foram excluídos da nova Assembleia Legislativa, esta era, inevitavelmente, mais radical e a 31 de Outubro propôs um decreto segundo o qual os emigrados que não abandonassem imediatamente qualquer aquartelamento no estrangeiro seriam acusados de conspiração. A 1 de Janeiro de 1792, o rei declarou oficialmente traidores os príncipes emigrados e a 25 de Janeiro uma deputação da Assembleia apresentou ao rei, para ser assinado, um decreto contra o imperador Leopoldo.

Apesar de todas as proibições da rainha, Fersen regressou a França em Fevereiro, disfarçado e com um passaporte falso. Nas palavras de Maria Antonieta, o sueco regressava a um país onde «se ouvia um clamor geral de guerra» e onde ninguém tinha dúvidas de que a guerra estava próxima.

Fersen conseguiu entrar nas Tulherias servindo-se de uma porta lateral e esteve com a rainha a 13 de Fevereiro. Os dois não se viam desde a despedida, na escuridão, no posto de Bondy, seis meses antes. Fersen passou a noite no palácio ou, segundo uma frase famosa que um subsequente editor do seu diário tentou eliminar, «Resté là». Muito se tem falado desta frase em particular por ser muitas vezes usada por Fersen para indicar que tinha passado a noite com uma das suas numerosas amantes, mas esta foi a única vez em que se viu aplicada a Maria Antonieta. No entanto, é estranho pensarmos que esta foi a primeira vez que o conde e a rainha tiveram relações sexuais. No fim de contas, deve ter havido outras referências de «Resté là» aplicadas a «Elle», como a rainha era conhecida, que não sobreviveram a um censor do século dezanove, o barão Klinckowström, sobrinho-neto de Fersen.

Fersen e Maria Antonieta tinham-se conhecido quase vinte anos antes e tinham sido íntimos pelo menos nos últimos doze. Tem-se argumentado aqui que a rainha e Fersen tiveram um caso em 1783, que se transformou depois numa relação puramente romântica. Talvez, então, tenha havido uma recaída nostálgica nas Tulherias – esperamos que sim – ou talvez a frase, pela primeira vez, esteja certa: «Fiquei lá.»

A 20 de Abril de 1792, Luís XVI declarou guerra ao que Maria Antonieta descreveu significativamente como «Casa de Áustria». A declaração de guerra seguiu-se a um ultimato de 5 de Abril exigindo a retirada das forças emigradas das suas bases ao longo do Reno, que foi ignorado pela Áustria.

Acima de tudo, a Áustria tem de evitar parecer imiscuir-se nos assuntos internos da França, escreveu Maria Antonieta a Mercy no dia 30 de Abril.

Infelizmente, havia um novo imperador na Áustria. Leopoldo II morreu nos primeiros dias de Março e sucedeu-lhe o filho, um homem com uma mentalidade mais zelosa e militarista. Francisco II nunca tinha, sequer, conhecido a sua tia.

O assassinato de Gustavo III e a subida ao poder do seu irmão como regente, um homem de simpatias políticas diferentes, levaram a que a ajuda da Suécia deixasse de ser uma opção. Tal como Fersen disse à rainha, «foi uma perda cruel».

Como o dia 20 de Junho era o aniversário da fuga para Varennes (para não falar do Juramento do Jogo da Péla de 1789), a sua aproximação era vista com terror pelo rei, pela rainha e pela pequena corte. Todos se sentiam desprotegidos.

Chegado o dia, reuniu-se nos jardins das Tulherias uma multidão de aspecto horrível, cuja entrada foi permitida pela Guarda Nacional. Suando devido ao calor, usavam todos roupas tão sujas que o seu cheiro era sentido nas janelas por baixo das quais se manifestavam. Os arruaceiros tinham chuços, machados e outras ferramentas aguçadas que não deixavam de ser ameaçadoras só por estarem decoradas com fitas tricolores. Quando conseguiram entrar no palácio, viu-se que também traziam consigo símbolos sinistros, como uma forca da qual estava pendurada uma boneca ensanguentada com os dizeres: «Marie Antoinette à la lanterne». (O método tradicional de as multidões parisienses se desfazerem dos seus inimigos era enforcá-los no candeeiro mais próximo.) Um coração de boi tinha um letreiro com os dizeres «O coração de Luís XVI» e os cornos do mesmo animal tinham uma referência obscena à condição de cornudo do rei.

Quando os membros da turba entraram nos aposentos do rei, ouviram-se gritos de «Onde é que está o tipo?». Em seguida, atiraram cartazes à cara de Luís XVI com frases como: «Treme, Tirano!» O rei comportou-se admiravelmente. A situação exigia impassividade. O soberano não tremeu e colocou serenamente na cabeça o pequeno *bonnet rouge* espetado na ponta do chuço de um talhante, ficando surpreendido por indivíduos de uma classe tão baixa o tratarem simplesmente por «Senhor» em vez de «Majestade». O barrete, apesar dos esforços do rei para o alargar, ficou desajeitadamente pendurado na sua grande cabeça.

Maria Antonieta, que devia estar à espera de uma repetição da invasão de Versalhes, foi posta em segurança pelo seu séquito. A princípio tinha querido ficar ao lado do rei, mas os criados lembraram-lhe que a sua presença poderia significar um perigo adicional para o rei, que tentaria certamente defendê-la se ela fosse ameaçada, correndo o risco de morrer. Além do mais, a soberana devia lembrar-se de que «também era mãe», para além de esposa.

Maria Antonieta apercebeu-se da situação. Mais tarde, depois de ter fugido com os filhos por uma passagem secreta e de ter ouvido os golpes de machado na porta do quarto do delfim, ao perguntarem-lhe se tinha sentido medo, a rainha respondeu: «Não. Mas sofri por ter sido separada de Luís XVI num momento em que a sua vida estava em perigo.» Em vez disso, tinha a consolação de ter ficado com os filhos, que era também «um dos meus deveres». Quando tudo acabou, o rei mandou chamar a família. Seguiu-se uma cena enternecedora quando Maria Antonieta correu para os seus braços e os filhos se lançaram aos joelhos do pai. Madame Elisabeth, para não ficar de fora, abraçou o irmão.

Nas semanas tensas que se seguiram, durante o pico de calor do Verão de Paris, a situação da família real nas Tulherias deteriorou-se. A rainha disse a Fersen que os insultos eram agora tão terríveis que nenhum deles, fosse o rei, a rainha ou Madame Elisabeth, se atrevia a passear nos jardins.

Neste clima de suspeição e medo, o Manifesto de Brunswick, de 25 de Julho, foi como um fósforo em palha seca. O próprio duque de Brunswick era um veterano de guerra que tinha combatido valorosamente pela Prússia na Guerra dos Sete Anos. O manifesto estava, porém, impregnado de sentimentos favoráveis aos emigrados. O povo francês era abertamente convidado a revoltar-se contra «os esquemas odiosos dos seus opressores» – quer dizer, do governo em funções.

Nada podia ter sido mais favorável para os sentimentos republicanos na oposição do que este manifesto. Tinham agora a desculpa de que precisavam para discutir abertamente o imperativo da deposição do rei – e os meios através dos quais esta seria feita. A 31 de Julho, uma das quarenta e oito *sections* administrativas em que Paris estava dividida, a de Mauconseil, declarou publicamente que Luís XVI era «um tirano desprezível… Combatamos este colosso do despotismo». De uma maneira terrível, a resolução de Mauconseil aproveitava-se do Manifesto de Brunswick.

Neste ponto, já ninguém tinha dúvidas, revolucionários ou monárquicos, de que as Tulherias iam ser atacadas.

O dia 9 de Agosto, terrivelmente quente, começou com uma calma ilusória no interior do palácio. O rei, a rainha, Madame Elisabeth e Maria Teresa foram à missa como habitualmente. Uma das pessoas presentes reparou que nenhuma das damas reais levantou os olhos dos respectivos livros de orações. No exterior começou a espalhar-se o rumor de que estava planeado um ataque para a noite. Esperava-se que a defesa do rei fosse assegurada pelos seus ultraleais Guardas Suíços.

Duros e dedicados, os Guardas Suíços eram vistos como símbolos da monarquia pelos seus inimigos. Um deles escreveu para o seu país: «Os Confederados de Marselha anunciaram que o seu objectivo é o desarmamento da Guarda Suíça, mas decidimos todos que só entregaremos as armas com as nossas vidas.»

Uma concessão extraordinária à crise iminente foi então feita: o *coucher* do rei foi suprimido. Esta cerimónia realizara-se mesmo na noite de 20 de Junho, depois da humilhação do rei. Nada podia assinalar melhor o fim de um regime – de um modo de vida. Em vez da habitual cerimónia, naquela noite o quarto do rei estava um verdadeiro caos, com pessoas sentadas por todo o lado, no chão, nas cadeiras, em cima das mesas. O próprio Luís XVI, ainda vestido (ou por despir), continuava com a casaca púrpura e a sua formal cabeleira empoada em desalinho.

A rainha, Madame Elisabeth e as suas damas também não se despiram. Só as crianças se deitaram. À uma hora da manhã, Maria Antonieta e a cunhada estenderam-se num sofá numa das pequenas salas da galeria. Todos os adultos estavam acordados quando se começou a ouvir o toque a rebate, chamando os revolucionários de todos os bairros de Paris para o assalto há tanto esperado.

Cerca das cinco da manhã estimava-se em 10 mil os homens que se empurravam em direcção aos pátios e jardins das Tulherias. Decidiu-se que o rei devia inspeccionar as defesas para elevar o moral das tropas. Luís XVI, «pálido como um cadáver» mas composto, deu a volta aos vários postos, acompanhado pelo conde de La Rochefoucauld. Maria Antonieta quis juntar-se a ele com os filhos. O perigo, porém, era grande. De facto, a missão do rei revelou-se um falhanço total. O monarca não só não conseguiu estar à altura da situação com a presença e oratória exigidas, como se expôs ao escárnio da Guarda Nacional. Esta situação tornou-se contagiosa. Para horror da família real, no interior das Tulherias, o rei foi recebido com insultos. «Meu Deus! É o rei que eles estão a insultar assim?», exclamou Dubouchage, ministro de Marinha.

Certamente que a ideia de que não se podia confiar na Guarda Nacional contribuiu para o debate urgente que teve lugar entre o seu comandante, Roederer, e a rainha, sobre se a família real se devia refugiar na Assembleia, situada num dos extremos do perímetro das Tulherias. Roederer achava que era o melhor a fazer, o «perigo é menor».

Maria Antonieta acreditava que era melhor ficar onde estavam e disse-o a Roederer: «Senhor, aqui ainda temos algumas forças.»

«Madame, quereis ser responsável pelo massacre do rei, dos vossos filhos e do vosso, para não falar do dos servidores fiéis que vos rodeiam?», perguntou-lhe ele. «Pelo contrário. Faria tudo para ser a única vítima!», replicou ela. No exterior os gritos eram cada vez maiores e os murros na porta principal cada vez mais fortes.

Finalmente, às oito horas, Maria Antonieta desistiu e concordou em fugir para a Assembleia. A sua angústia era palpável, mas a rainha limitou-se a dizer a Roederer que o responsabilizava pela segurança do marido e do filho. «Pelo menos, podemos morrer convosco», replicou Roederer. O rei não conseguia decidir-se, mas estava mais inclinado para a possibilidade de ficar onde estava, visto que tinha feito uma estimativa errada das forças hostis no exterior (talvez devido à sua miopia). Finalmente, o soberano virou-se para os cortesãos: «Vou para a Assembleia Nacional.» Em seguida olhou firmemente para Roederer, de relance para a rainha, levantou uma mão e disse: «Vamos. *Marchons.*»

Houve abraços de despedida e conhaque para as tropas que ficavam para trás. O pequeno cortejo, que saiu em fila indiana pela porta ocidental do jardim e atravessou o pátio em direcção à Assembleia, era constituído por seis ministros como escolta adicional, pela Guarda Suíça e pelos granadeiros da Guarda Nacional. Apesar disso, a multidão comprimia-se à sua passagem.

Os deputados da Assembleia encontraram-se com o grupo a meio do caminho e ofereceram formalmente asilo ao rei. À chegada ao edifício, porém, a família real e os seus acompanhantes foram fechados no camarote da imprensa, por detrás da cadeira do presidente. O espaço tinha cerca de quatro metros quadrados de área e uma grade completamente exposta ao sol. Eram dez horas da manhã. O grupo ficou o dia todo naquele espaço confinado, à parte uma refeição rudimentar por volta das duas horas da tarde.

Entretanto, o futuro da monarquia era debatido entre os Jacobinos, republicanos extremistas, e os Girondinos, mais moderados.

A rainha estava agitada. Ao fim da tarde, o *fichu* do seu vestido estava molhado devido à transpiração e o seu lenço encharcado de lágrimas. Maria Antonieta pediu ao conde de La Rochefoucauld, que também tinha conseguido entrar na pequena sala, o seu lenço. O conde, porém, não se atreveu a emprestar-lho e saiu em busca de outro. A razão para a sua recusa residia no facto de o seu lenço estar ensopado em sangue, o que resultava de o fidalgo ter tentado estancar o sangue dos ferimentos de um dos sobreviventes do terrível massacre que tinha começado nas Tulherias cerca de hora e meia depois da partida da família real. Os republicanos estavam convencidos de que os Suíços tinham recebido ordens do rei para acabar com eles e, evidentemente, aqueles tinham vendido caras as suas vidas...

No dia seguinte, o debate continuou e seria resumido pela declaração do seu presidente, Vergniaud: «O povo francês é convidado a formar uma Convenção Nacional. O chefe do Poder Executivo (o rei) está provisoriamente suspenso das suas funções.» Em poucas palavras, cabia a uma Convenção Nacional, a ser eleita pelo povo, a decisão sobre o destino final da monarquia.

O assunto seguinte em debate na Assembleia foi a escolha de uma residência apropriada para a família real. A escolha da Comuna de Paris foi o Templo, o palácio do conde d'Artois no bairro do Marais. A Assembleia, à qual o rei e a sua família se tinham entregado tão confiantemente e onde esperavam sentir-se «totalmente seguros», declinou alegremente a sua responsabilidade e permitiu que a Comuna levasse a sua avante.

De facto, o Templo era constituído por duas estruturas separadas entre si. Uma era o gracioso palácio do século dezassete e a outra era a Torre de cerca de dezoito metros de altura, um rude edifício medieval, parte do antigo mosteiro da Ordem dos Templários e por sua vez dividida em duas outras torres, a Grande e a Pequena, para além de vários torreões.

Maria Antonieta sempre tinha sentido horror por aquela Torre. Ao visitar o cunhado no palácio, tentara persuadi-lo a deitá-la abaixo e chegara a expressar uma apreensão genuína à marquesa de Tourzel: «Vereis que ainda nos vão pôr na Torre. Vão fazer dela uma verdadeira prisão para nós.» Entretanto, a família real iria para a Torre Pequena enquanto decorriam obras na Torre Grande para a tornar mais habitável e mais segura.

A própria Torre Pequena, naquela noite, mal se podia descrever como confortável. Os olhos dos dois criados, Chamilly e Huë, encontraram-se em silêncio de um lado e outro da cama sem cortinas e cheia de vermes destinada a Luís XVI. (Apesar de tudo, o seu senhor, como habitualmente, teve uma boa noite de sono.) Madame Elisabeth, Pauline de Tourzel e a dama de honor Madame Navarre tiveram de dormir na cozinha, iniciando assim o processo de adaptação à sua nova casa – a «verdadeira prisão» dos pesadelos de Maria Antonieta.

A segurança, evidentemente, era completa, assegurada permanentemente por quatro comissários. Apesar disto, a família real teve possibilidade de estabelecer o seu próprio estilo de vida, como qualquer prisioneiro. Em relação ao luxo a descida foi acentuada em comparação com as Tulherias, onde tinham passado os últimos dois anos e três quartos, mas o regime não era excessivamente duro.

Ninguém tinha qualquer tipo de guarda-roupa – a rainha chegou supostamente com dois vestidos, um azul e outro rosa-escuro –, mas toda a gente pôde encomendar roupa interior à famosa Madame Éloffe. Nos dois meses seguintes seriam gastas 25 mil libras em artigos como lençóis, meias, lavagem de roupa e chapéus. O rei podia continuar a receber os sapatos do seu sapateiro, Giot, na Rue du Bac. Geralmente, Luís XVI usava uma de duas casacas castanhas com botões de metal trabalhados e um colete de *piqué* branco. O vestuário de Maria Antonieta era igualmente modesto.

A comida continuou a ser liberalmente servida. Os criados reais, não conhecendo outra maneira de satisfazer o seu senhor, continuaram a fazer as sopas, as entradas, os assados, as aves e as sobremesas a que o rei estava habituado. Luís XVI continuou a beber – bordéus, champanhe e, o que era considerado quase abstémio, um único licor ao fim do dia.

Entretanto, no mundo exterior, os exércitos prussianos, sob as ordens do duque de Brunswick, atravessavam a fronteira francesa a 19 de Agosto; Longwy caiu quatro dias depois. As esperanças de Maria Antonieta não podiam deixar de aumentar à medida que as notícias dos sucessos aliados corriam por entre os prisioneiros.

A pequena família da Torre, porém, recebeu mais um golpe devastador. Os comissários da Comuna anunciaram que os membros do séquito que restavam, incluindo a princesa de Lamballe, a marquesa de Tourzel e Pauline iam ser levados para interrogatório e encarcerados na prisão de La Force. Luís Carlos, separado finalmente da sua dedicada preceptora, passou a partilhar o quarto da rainha.

O dia 2 de Setembro começou como todos os outros. O rei estava com um dos comissários, assistindo à demolição de uma casa fora dos muros da Torre para maior segurança, quando se ouviu o som de tiros de canhão. Maria Teresa deixou um testemunho da desorientação geral: «Não sabíamos o que estava a acontecer.» Ainda bem, talvez, porque estava a decorrer um assalto furioso contra os habitantes das prisões de Paris com alguns dos mais fiéis seguidores da família real ainda encarcerados em La Force. Nunca se saberá ao certo quantos prisioneiros morreram: estimativas recentes apontam para 1300. Os tribunais *ad hoc* formados nas prisões despacharam para a morte, certamente com prazer, a maioria dos que lhes passaram pela frente. As mortes em Bicêtre e na Salpêtrière foram especialmente terríveis porque albergavam tradicionalmente pedintes, prostitutas e também crianças. Estas pessoas, completamente alheias à política, morreram às mãos de assassinos, a maioria dos quais num delírio sanguinário ao longo de todo o horrível processo.

Às dez horas o comissário Manuel informou a família real de que a princesa de Lamballe tinha sobrevivido. Estava enganado. Levada perante o tribunal, a dama, demasiado sensível para suportar as atribulações de uma vida normal, encontrou forças para se recusar a denunciar o rei e a rainha e respondeu com uma calma terrível: «Não tenho nada a dizer, morrer agora ou mais tarde não me faz diferença. Estou preparada para fazer o sacrifício da minha vida.» Em seguida a princesa foi encaminhada para a prisão da Abadia – palavra de código que significava que ia ser executada. Uma vez no pátio da prisão de La Force, «vários golpes de martelo na cabeça deitaram-na por terra. Em seguida, caíram-lhe todos em cima».

A cabeça da princesa foi decepada e espetada num chuço. O seu corpo nu foi rasgado, tiraram-lhe as entranhas e espetaram-nas noutra estaca. O cadáver e os dois medonhos troféus foram levados em triunfo pelas ruas de Paris. Era firme intenção da multidão, excitada pelo vinho, levar a cabeça da princesa até ao Templo para que a «infame Antonieta» pudesse dar um último beijo nos doces lábios que tanto tinha amado.

O rei e a rainha estavam no andar superior a jogar gamão quando a cabeça apareceu no lado de fora, acompanhada de risos frenéticos. Os oficiais municipais tiveram a decência de fechar as gelosias e os comissários mantiveram-nos afastados das janelas. Porém, um deles disse ao rei, quando este lhe perguntou a razão do tumulto: «Se quereis saber, Senhor, estão a tentar mostrar-vos a cabeça de madame de Lamballe.»

Maria Antonieta, segundo escreveu a sua filha, ficou «gelada de horror»; foi a única vez que Maria Teresa viu a firmeza abandonar a sua mãe. Misericordiosamente, a rainha desmaiou. A crise, porém, ainda não tinha terminado. Os «selvagens», trepando pelo entulho, conseguiram que os chuços com os respectivos troféus subissem mais alto. Continuavam determinados a que Maria Antonieta beijasse os lábios da princesa de Lamballe ou, melhor ainda, que a sua cabeça se juntasse à da sua favorita.

Foi o comissário Daujon que salvou o dia, não permitindo que a cabeça fosse trazida para dentro. A multidão, porém, foi autorizada a passear em redor da Torre com os seus chuços e assim a rainha, para o melhor e para o pior, nunca chegou a vê-la senão na sua imaginação apavorada. Daujon evitou a entrada na Torre colocando a fita tricolor na porta. «A cabeça de Antonieta não vos pertence», disse ele com uma autoridade que poderia ter um impacte sinistro no futuro. O motim continuou até por volta das cinco horas. Mais tarde, Maria Teresa ouviu o som do choro da sua mãe, que durou toda a noite.

* * *

O rei foi separado da família no início de Outubro e levado sozinho para a Torre Grande. O choro e os protestos da rainha e dos seus filhos tiveram como resultado uma autorização para continuarem a comer juntos desde que falassem todos em «claro e bom francês».

No fim de Outubro, Maria Antonieta, Madame Elisabeth e as crianças foram levadas para os seus novos alojamentos na Torre Grande. Apesar de as janelas ainda estarem desagradavelmente entaipadas, as divisões estavam pintadas de fresco e havia sanitas *à l'anglaise*, com água corrente. O quarto que Maria Antonieta partilhava com a sua filha (Luís Carlos partilhava o quarto do pai) tinha papel de parede azul e verde às riscas.

Entretanto, as discussões sobre o julgamento do Capeto continuavam na Convenção, ao mesmo tempo que os exércitos franceses continuavam na sua senda vitoriosa. No fim do mês de Outubro o general de Custine tinha ocupado a Renânia, incluindo Frankfurt e Mogúncia. O progresso favorável da guerra por parte da França não foi o catalisador imediato do julgamento do antigo rei, mas uma descoberta acidental e altamente nociva: o chamado baú de ferro onde Luís XVI guardava os seus papéis. De facto, as revelações foram mais embaraçosas do que criminosas. Não se encontraram provas de contactos com os Austríacos, mas a correspondência do rei com Mirabeau e La Fayette foi descoberta.

O rufar dos tambores, a 11 de Dezembro, anunciou a chegada dos soldados que traziam consigo o decreto da Convenção, que foi lido a «Luís Capeto». Este devia comparecer no seu tribunal para ser interrogado. O antigo rei limitou-se a comentar que «Capeto» era inexacto. Na Convenção, enfrentou uma acusação maciça de traição, acabando com os acontecimentos que tinham conduzido a Varennes: «Luís deixou a França como fugitivo para regressar como conquistador.»

Antes da partida do pai, Luís Carlos foi levado para junto da mãe, ao que se seguiu um acto de crueldade gratuita. Decretou-se que Maria Teresa e Luís Carlos não podiam estar em contacto com ambos os pais. Com grande nobreza, Luís XVI decidiu pôr em primeiro lugar os sentimentos apaixonados da sua mulher pelos filhos e Maria Antonieta, Madame Elisabeth e as crianças passaram a ter um modo de vida ainda mais triste. Deixaram de poder visitar «Luís Capeto» ou de comunicar com ele, incluindo no dia 19 de Dezembro, décimo quarto aniversário de Maria Teresa, ocasião em que a jovem princesa recebeu um pequeno presente do seu pai, um almanaque para 1793 – mas não foi autorizada a vê-lo.

Apesar de ter dito aos advogados para se concentrarem no seu julgamento «como se eu pudesse ganhar», Luís, duas semanas depois do seu início, passou o dia de Natal a redigir o seu testamento. Não era altura para «Capetos». Luís escreveu-o como Luís XVI, rei de França, e não trocou a data correcta do calendário cristão por «Nivoso», o mês que começava nos últimos dias de Dezembro segundo o calendário revolucionário. O documento era digno de um digno filho da Igreja Católica e pregava a doutrina cristã do perdão, especialmente para o seu filho. Se Luís Carlos tivesse «a infelicidade» de ser rei, devia dedicar a sua vida à felicidade do seu povo; não devia, nunca, procurar vingar o seu pai. O rei referiu-se no testamento, com especial ternura, à sua mulher, confiando-lhe os seus filhos: «Nunca duvidei do seu amor maternal.» Luís também pedia a Maria Antonieta que lhe perdoasse por «todos os males que tem sofrido por minha causa e por qualquer desgosto que lhe tenha provocado no decurso do nosso casamento, ao mesmo tempo que pode ter a certeza de que nada tenho contra ela».

* * *

Nenhuma defesa apresentada pelos advogados do rei foi relevante para os extremistas da Convenção. Muitos deles argumentaram que o julgamento em si era completamente desnecessário. Ao contrário dos Girondinos, que consideravam importante manterem o rei vivo como refém, Robespierre era de opinião que Luís Capeto já se tinha condenado à morte pelos seus actos. O jovem orador revolucionário Saint-Just disse: «Luís já foi julgado, não pode ir outra vez a tribunal… Deve morrer não pelo que fez, mas pelo que foi.»

Quando a votação começou, a culpa de Luís ficou claramente estabelecida. No total, 691 votaram que ele tinha conspirado contra o Estado, alguns abstiveram-se, mas ninguém votou contra. A questão da pena a aplicar foi bastante mais complicada. No fim, após muitas deliberações, a pena de morte foi votada a 16 de Janeiro de 1793 por uma escassa maioria. O recentemente chamado Philippe Égalité (Filipe Igualdade), primo de Luís e seu parente masculino mais próximo em França, estava entre os que votaram pela execução. Quando Luís soube do veredicto no dia seguinte, o que mais lhe doeu foi o comportamento do primo.

Havia ainda a questão de uma eventual comutação da pena, mas a maioria, setenta por cento, rejeitou-a. Só às duas horas da tarde de domingo, 20 de Janeiro, o antigo rei soube que ia morrer no dia seguinte, na guilhotina rápida e misericordiosa. Luís pediu mais três dias para se preparar espiritualmente, mas foram-lhe negados apesar de um padre refractário de ascendência irlandesa, o abade Edgeworth de Firmin, ter sido admitido na Torre. Para além dele, Luís consolou-se com a leitura do relato da execução de Carlos I.

Naquela noite foram as vozes dos que gritavam no exterior da prisão que deram a Maria Antonieta e aos restantes membros da família real a terrível notícia. Neste ponto, a Convenção cedeu. Às sete horas, o rei pôde receber a família nos seus aposentos.

A cena foi muito triste. Como não o via havia seis semanas, Maria Teresa achou o pai «muito mudado». Luís chorou, não de medo, antes de tristeza por ter de se separar de todos e por se ver forçado a abandoná-los numa situação tão trágica. Aceitando o seu destino, Luís tinha pedido à Convenção para que a sua família pudesse sair da Torre e ir «para um local que a Convenção ache adequado», mas quem sabia qual seria o local e quando seria a mudança? Apesar de tudo, o rei insistiu com o filho na necessidade de perdoar os inimigos que o iam matar e abençoou os filhos pela última vez.

Maria Antonieta suplicou-lhe que os deixasse a todos passar aquela última noite juntos, mas Luís recusou, dizendo que tinha de se preparar e precisava de paz. Finalmente, o rei conseguiu persuadir a família a sair, prometendo-lhe que se despediria de todos na manhã seguinte. «Não estou a dizer adeus», disse. «Ver-nos-emos novamente amanhã de manhã, podeis ter a certeza.»

O rei afastou-se e dirigiu-se para o seu quarto. Os soluços das crianças podiam ouvir-se através das paredes. As três mulheres ficaram acordadas toda a noite. Maria Antonieta mal teve forças para deitar o filho. Luís, porém, não pôde cumprir a sua promessa. O homem que entrou nos aposentos de Maria Antonieta na manhã seguinte não tencionava conduzi-los junto do rei, ia apenas buscar um livro de orações.

Na manhã seguinte reinava um silêncio extraordinário em Paris, explicado pelo facto de as principais portas da cidade terem sido fechadas e a habitual azáfama ter diminuído. Foi o rufar dos tambores, seguido dos «gritos de alegria» dos espectadores em frenesim, que disse aos ocupantes da Torre que o rei tinha morrido.

Maria Antonieta não conseguiu falar, estava presa no seu próprio mundo de agonia silenciosa. Elisabeth, porém, por entre o choro lancinante das crianças, disse: «Monstros! Espero que estejais satisfeitos.»

* * *

A partir do momento da morte do rei, Maria Antonieta ficou vergada ao peso de uma dor profunda, sem palavras. «A Viúva Capeto» era agora a sua designação oficial, que alternava mais cruelmente com «a Mulher Capeto» e com o francamente desprezível «Antonieta». O primeiro desejo da viúva foi ver Cléry, que tinha assistido Luís XVI nas suas últimas horas no Templo e que podia, portanto, ter alguma mensagem para a família paralisada de dor. A autorização para a visita foi, porém, negada.

Maria Antonieta pediu roupas de luto adequadas às quais, como viúva de um rei de França, dava uma grande importância simbólica. O pedido foi-lhe concedido, mas não o subsequente de cortinados e uma colcha preta para os seus aposentos. Uma costureira, Mademoiselle Pion, foi autorizada a ir ao Templo. Para além disto, a viúva não conseguia comer nada nem dar um simples passeio porque o único caminho para o jardim passava pela porta do rei. Ao ver o seu estado lastimável, a sua palidez, o comissário Goret lembrou-lhe amavelmente os seus deveres maternais e mandou dispor cadeiras na galeria da Torre para que Maria Antonieta pudesse apanhar ar fresco sem ter de fazer aquele percurso traumatizante. O estado de Maria Antonieta foi assim resumido pela sua filha: «Já não tinha qualquer esperança no coração nem distinguia a vida da morte. Por vezes olhava para nós com uma espécie de compaixão que era absolutamente assustadora.»

O conde de Provença agarrou a oportunidade tão esperada. Chegara o momento, segundo ele, de se proclamar unilateralmente regente de França em nome do seu sobrinho de sete anos, fazendo-o por «direito de nascimento» e de acordo com as leis fundamentais do reino. No entanto, a decisão levantou acesa controvérsia. Alguns emigrados ficaram chocados e os Austríacos franziram o sobrolho, alegando que a pretensão lesava os direitos de Maria Antonieta, fosse qual fosse a situação. As outras potências europeias seguiram o exemplo da Áustria e recusaram-se a reconhecer o seu novo estatuto.

Ironicamente, a vida na Torre tornou-se mais fácil com a morte de Luís. Os oficiais municipais desistiram das suas visitas frequentes e a conversa entre as princesas deixou de ser vigiada. A verdade é que os guardas acreditavam que as suas prisioneiras seriam em breve trocadas por prisioneiros franceses proeminentes que estavam em poder dos Austríacos e por isso estavam a ser correspondentemente amáveis.

O comissário Lepître dá-nos um relato de uma *matinée* musical a 7 de Fevereiro durante a qual o «jovem rei» cantou uma elegia à morte do seu pai intitulada «La Piété Familiale». Os oficiais municipais escutaram em silêncio e com lágrimas nos olhos a voz do rapaz, acompanhado pela irmã ao clavicórdio:

> *Tout est fini pour moi sur la terre*
> *Mais je suis auprès de ma mère.*

> *(Acabou tudo para mim na terra,*
> *mas estou ao pé da minha mãe.)*

Quanto ao futuro da rainha, a troca de prisioneiros era uma prática com precedentes históricos, assim como a reivindicação das princesas pelos seus países de origem. No fim de contas havia um contrato de casamento que Mercy tinha investigado já em Outubro de 1789, que dava a Maria Antonieta o direito de ficar ou partir depois da morte do marido. No entanto, a 2 de Fevereiro de 1793, Mercy tendia a concluir que «devemos manter-nos passivos nesta crise horrível» para não tornar a situação ainda pior, como disse ao conde de La Marck.

Parecia haver a possibilidade de Maria Antonieta poder abandonar a França. Na primeira semana de Fevereiro, Claude Antoine Moëlle, membro da Comuna de Paris e um dos comissários do Templo, escoltava a rainha ao alto da

Torre para ela apanhar ar. Maria Antonieta aproveitou a oportunidade e perguntou-lhe o que tencionava a Convenção fazer com ela. Provavelmente, disse-lhe ele, seria reclamada pelo seu sobrinho, o imperador.

O débil estado de saúde da rainha deu novo ímpeto à ideia de misericórdia. Maria Antonieta não melhorara após o choque imediato da morte do marido. A tuberculose era frequente na sua família e provavelmente Maria Antonieta estaria a sentir os primeiros sintomas. Porém, também sofria inquestionavelmente de hemorragias, que tinham sido parte da sua perturbada história ginecológica durante muitos anos e que ultimamente tinham aumentado de frequência.

Infelizmente havia vários elementos que jogavam contra a sua libertação. O primeiro e mais importante era a indiferença do jovem imperador. Francisco II, simplesmente, não queria saber do destino da infeliz tia que nunca tinha conhecido, a qual, como um peão que era suposto ser da política dinástica dos Habsburgos, não tinha cumprido a sua missão e também não ajudava a causa da rainha o facto de a guerra ter alastrado e se ter virado contra a França.

A 18 de Março o exército austríaco, sob o comando do príncipe de Saxe-Coburgo, infligiu uma derrota terrível aos Franceses em Neerwinden, a noroeste de Liège. Nove dias depois, na Convenção, Robespierre concentrou-se uma vez mais na presença de Maria Antonieta no Templo – e na questão por resolver do seu castigo. Era intolerável que uma pessoa «não menos culpada» do que o falecido Luís Capeto, «não menos acusada pela Nação», fosse deixada em paz a gozar o fruto dos seus crimes devido a resíduos de um respeito supersticioso pela realeza. Robespierre sugeriu à Convenção que a antiga rainha comparecesse no novo Tribunal Revolucionário para responder pelos seus crimes contra o Estado.

Na noite de 3 de Julho, os comissários chegaram à Torre e informaram bruscamente a rainha de que ia ficar sem o filho. Os revolucionários leram-lhe o decreto que a Convenção tinha emitido para o efeito no dia anterior, baseado em

relatórios – sem fundamento – de que havia uma conspiração para raptar o «jovem rei». O jovem iria para os «aposentos mais seguros da Torre».

Luís Carlos atirou-se para os braços da mãe aos gritos
e Maria Antonieta comportou-se como um tigre fêmea pro-
tegendo a cria. A rainha recusou-se, durante uma hora, a que
lhe tirassem o filho. As ameaças de morte deixaram-na indiferente. Finalmente, não conseguiu resistir à força bruta. Maria
Antonieta nem sequer teve forças para vestir Luís Carlos –
tarefa levada a cabo por Maria Teresa e pela sua tia –, limi-
tando-se a limpar-lhe as lágrimas.

Luís Carlos tinha oito anos e três meses, passara quase
metade da sua vida no cativeiro; de uma maneira ou de outra,
tinha-se tornado naturalmente circunspecto e, acima de tudo,
ansioso por agradar. A saúde de ferro de «camponês» a que
Maria Antonieta se referia com tanto orgulho estava a começar a deteriorar-se no ambiente confinado da Torre.

Naquela noite e nas muitas que se seguiram, a família
escutou os soluços do jovem, perfeitamente audíveis apesar
da distância. Maria Antonieta começou a ficar obcecada
com a perspectiva de poder vislumbrar Luís Carlos quando
este passava todos os dias para ir fazer exercício. Havia uma
posição de onde, esticando o pescoço, conseguia vê-lo
quando ele passava e a rainha gastava os dias à espera desse
momento. Como a sua irmã Maria Carolina escreveu, quando
«o tempo e a resignação» começavam a «cicatrizar as fe-
ridas» provocadas pela morte do rei, eis que voltavam a
«abrir-se».

Um mês depois foi mais uma vez o rumo da guerra que
provocou um novo movimento oficial contra a rainha. A 26
de Julho, a aliança austríaca tomou Valenciennes, uma vitória que significava que a própria cidade de Paris, demasiado
perto do vale do Oise, estava em perigo. A 1 de Agosto, Bar-
rère, presidente da Convenção, estabeleceu deliberadamente
a ligação letal: Terá sido «o nosso esquecimento por demasiado tempo dos crimes da austríaca» que deu às nações
inimigas uma ideia errada da sua fraqueza? Se assim fosse, a
coisa podia ser imediatamente remediada.

As medidas de segurança durante a transferência de Maria Antonieta para a prisão conhecida como a Conciergerie foi prodigiosa. Todas as portas do Templo foram inspeccionadas durante o dia e os guardas receberam instruções para agirem como se estivessem a ser cercados. Como uma antevisão do que estava para acontecer, a rainha não se pôde dar ao luxo de se vestir em privado. Maria Antonieta escutou o decreto da Convenção sem qualquer emoção visível. Em seguida foi autorizada a preparar uma pequena trouxa com coisas imprescindíveis, incluindo um lenço e um pequeno frasco de sais. A rainha pediu a Maria Teresa que obedecesse à sua tia em tudo e que a tratasse como uma segunda mãe.

Na base da escadaria do palácio esperavam duas ou três carruagens vulgares e um corpo de soldados. Maria Antonieta foi escoltada através da cidade adormecida, passou pela Ponte Notre-Dame e chegou à Conciergerie, ao lado do Palácio da Justiça. Os guardas bateram ruidosamente à porta com as baionetas.

Quem respondeu foi o carcereiro, Louis Larivière. O homem reconheceu a antiga rainha, toda de preto e dramaticamente pálida, visto que em rapaz tinha trabalhado em Versalhes. O carcereiro encarregado dos registos é que não a reconheceu, ou não quis reconhecê-la. O seu dever era admitir a «prisioneira n.º 280», acusada de ter conspirado contra a França. Quando lhe perguntou o nome, Maria Antonieta respondeu: «Olhe para mim.» Supõe-se que esta resposta advém, não de uma possível atitude de superioridade, mas da incapacidade da antiga rainha de formular uma réplica adequada. Deveria ser tratada como Maria Antonieta da Áustria e Lorena? Rainha de França? Ou «Antonieta Capeto»?

No interior da prisão, a recepção foi mais respeitosa. Madame Richard, mulher do carcereiro, tinha sido avisada da sua chegada no dia anterior. Ela e a jovem criada Rosalie Lamorlière tinham conseguido arranjar alguma roupa branca de qualidade e uma almofada orlada de renda, tentando suavizar a impressão esquálida de uma cela de chão de tijolo, bastante húmida e apenas com uma mesa e algumas cadeiras, para a qual um guarda tinha ido buscar à arrecadação da prisão uma cama de campanha, dois colchões, um travesseiro, uma colcha – e um balde.

Pelas três da manhã, Madame Richard acordou Rosalie à pressa. Trémula, a rapariga percorreu o longo corredor e encontrou a rainha já na cela. Maria Antonieta percorreu os objectos espartanos com os olhos e virou-se depois para as duas mulheres. Rosalie tinha trazido do seu próprio quarto um banco. Maria Antonieta subiu para cima dele e pendurou o seu relógio de ouro, presente de Maria Teresa, num prego que já estava espetado na parede.

Em seguida, começou a despir-se. Rosalie ofereceu-se para a ajudar. «Obrigada, minha querida», respondeu Maria Antonieta, «mas como já não tenho ninguém comigo, tenho de me desenvencilhar sozinha.» Segundo Rosalie, a antiga rainha proferiu estas palavras de modo agradável, sem qualquer arrogância. A luz do dia começou a entrar. As duas mulheres apagaram os archotes e foram-se embora. Maria Antonieta ficou deitada numa cama que pelo menos a simpática Rosalie achou «indigna dela».

A Conciergerie era agora a vasta antecâmara do Tribunal Revolucionário, uma cadeia cheia de gente de toda a espécie que tinha incorrido na desconfiança do Estado. Com as constantes entradas e saídas de prisioneiros, advogados, visitantes esperançados e desiludidos, a agitação da Conciergerie contrastava por completo com o isolamento do Templo com o seu pequeno bando de cativos privilegiados. Com a conivência de carcereiros espertalhões, prontos a agradar ao público sempre que possível (por dinheiro), Maria Antonieta tornou-se um dos motivos de visita da Conciergerie.

Este acesso semipúblico apresentava uma possibilidade de fuga. É difícil fazer a estimativa das várias tentativas que se fizeram para libertar a rainha enquanto ela esteve na Conciergerie. No entanto, ao contrário da fuga de 1791, que podia ter sido bem-sucedida mas que falhou por razões exteriores, supõe-se que nenhuma delas teve hipótese de sucesso.

No caso da mais conhecida, a chamada Conspiração do Cravo, que decorreu entre os últimos dias de Agosto e os primeiros de Setembro, a questão ficou mais confusa do que esclarecida com a prisão dos conspiradores e os seus testemunhos subsequentes, onde todos os envolvidos tentaram ilibar-se ou proteger-se.

A conspiração deve o seu nome à flor que um tal Alexandre de Rougeville deixou cair na cela aos pés da rainha. No interior das pétalas estava escondido um bilhete minúsculo sugerindo uma fuga de carruagem para a Alemanha. A rainha tentou responder escrevendo uma mensagem no pequeno papel com um alfinete. Parece, segundo Huë, que a sua resposta foi «negativa», mas se Maria Antonieta indicou que estava pronta a fugir, o plano gorou-se quando um dos gendarmes o descobriu.

O que é evidente, porém, é que esta e outras tentativas bem-intencionadas contrastavam com o comportamento indiferente dos parentes austríacos de Maria Antonieta. Estes, com os seus exércitos e o seu dinheiro, tinham muito mais hipóteses de sucesso, mas não mostravam intenção de fazer qualquer tentativa. Dois dos apoiantes da rainha, o conde Fersen e o conde de La Marck, que estavam em Bruxelas, ficavam desesperados com a preocupação – ou indiferença? – com que qualquer ideia de libertar a tia do imperador era recebida. Fersen, um homem de acção, chegou a sugerir atravessar a fronteira belga com um grupo de fidalgos e raptar simplesmente a rainha da Conciergerie. Mercy recebeu-a «friamente». Na sua perspectiva, posta à consideração do comandante aliado, o príncipe de Saxe-Coburgo, a iniciativa devia partir de uma operação militar. Coburgo respondeu que não tinha que pensar apenas na rainha, tinha também de pensar «nos verdadeiros interesses da monarquia austríaca».

O conde de La Marck defendeu o que era, francamente, a mais prometedora abordagem. A liberdade de Maria Antonieta devia, literalmente, ser comprada – e por um preço alto. As finanças do governo revolucionário não estavam em melhor estado do que as do anterior regime graças, em ambos os casos, à extravagância perigosa de financiar guerras estrangeiras. Como refém, a «Capeto» podia muito bem ter um valor considerável para a Revolução. La Marck disse a Mercy que um banqueiro chamado Ribbes tinha contactos em Paris e que o homem estava disposto a ir à fronteira negociar, possivelmente com Danton. Mercy chegou a hesitar… Então, no último momento, decidiu que a oferta de dinheiro não era necessária; bastava oferecer o perdão aos revolucionários em nome do imperador uma vez obtida a vitória. La Marck tentou, em vão, convencer o diplomata a não esperar. «Em Viena têm de compreender como seria doloroso, diria mesmo como seria espantoso, para o governo imperial se a história disser um dia que a quarenta léguas de distância dos formidáveis e vitoriosos exércitos austríacos a augusta filha de Maria Teresa morreu no cadafalso sem que se tenha feito qualquer tentativa para a salvar.» Porém, nada aconteceu.

VIII

Com uma fé comovedora na família cujos interesses tinha tentado durante tanto tempo defender, Maria Antonieta continuava na esperança de que os seus parentes a «reclamariam» e disse-o a Rosalie Lamorlière que, anos mais tarde, ditaria as suas memórias sobre o tempo da rainha na prisão, recordando-se de pormenores comovedores. Rosalie descreveu a rainha a sonhar acordada, passando os dois anéis de diamantes de uns dedos para os outros ou ouvindo o som de uma harpa, reminiscências pungentes da sua vida passada e perguntando se quem estava a tocar era alguma das prisioneiras.

À chegada à Conciergerie, a preocupação imediata de Maria Antonieta, logo às primeiras horas da madrugada, era a roupa que iria vestir. A rainha tinha o vestido preto que usara à partida do Templo, adquirira entretanto um outro branco e tinha recebido roupa interior, lenços e meias pretas de seda; tinha *fichus* de crepe e de musselina e uma saia de baixo feita de algodão indiano. Não era muito, mas a ajuda de Rosalie, de uma lavadeira e durante algum tempo de Madame Larivière, mãe do carcereiro, que habilmente remendou o vestido preto com musselina branca por baixo dos braços e na bainha, gasta pelas pedras do Templo, foi decisiva. Os chinelos de quarto cor de ameixa, com os seus pequenos saltos, estavam tão cobertos de sarro que a determinada altura um guarda simpático raspou-os com a espada.

Uma perda muito sentida, segundo Rosalie, foi o relógio de ouro que a mãe de Maria Antonieta lhe tinha dado, o símbolo de boa sorte que ela própria tinha pendurado com tanto cuidado na noite da sua chegada à Conciergerie e que lhe foi confiscado cinco dias mais tarde. No exterior, a temperatura era quente e o ar no interior da prisão era húmido e cheirava mal. Maria Antonieta pedia a Rosalie que lhe queimasse zimbro na cela para disfarçar o cheiro das sanitas primitivas. Geralmente, porém, mostrava o habitual espírito de resignação perante os diferentes condicionalismos que tinham marcado cada passo da descida em espiral do seu destino.

Maria Antonieta foi autorizada a beber água mineral de Ville d'Avray. A água do Sena, bebida pelos restantes prisioneiros, ter-lhe-ia, sem dúvida, dado a «morte natural» que a sua desesperada irmã, Maria Carolina, começava a pensar ser o seu destino mais afortunado. Davam-lhe café ao pequeno-almoço. A comida – galinha, que ela cortava cuidadosamente e que fazia durar, e vegetais servidos numa vasilha de estanho – era do seu agrado, complementada com uma sopa alimentícia conhecida como *bouillon*, orgulho de Rosalie e panaceia da época para várias doenças nervosas. O carcereiro e a sua mulher, o casal Richard, também ajudavam a prisioneira.

Madame Richard descobriu que as suas compras diárias eram mais fáceis se invocasse o nome da sua distinta prisioneira. Quando um bom melão era destinado à «nossa infeliz rainha», o dono da loja não cobrava nada. Rosalie teve uma experiência semelhante ao comprar pêssegos. A rapariga também punha de vez em quando flores em cima da pequena mesa de Maria Antonieta, o que levou a rainha a dizer-lhe tristemente que no passado tinha uma «verdadeira paixão» por flores. Mais tarde esta prática foi proibida.

Este tipo de existência, extremamente confinada mas não totalmente intolerável, terminou oficialmente com a descoberta da Conspiração do Cravo nos primeiros dias de Setembro. O indulgente casal Richard foi para a prisão por sua vez e foi substituído pelo casal Baults, muito mais circunspecto no seu comportamento dado o que tinha acontecido aos seus predecessores.

A 11 de Setembro a rainha foi transferida para outra cela, a antiga farmácia. Apesar de ter também uma janela que dava para o pátio das mulheres, estava semibloqueada. As portas interiores e exteriores da cela, separando «a viúva Capeto» dos seus gendarmes, foram reforçadas.

Seguiram-se dois longos dias de interrogatório por causa da Conspiração do Cravo. A rainha enfrentou-os, não só com força moral, mas também com um novo espírito que se poderia chamar de bravata se as respostas não fossem formuladas com palavras adequadamente discretas. Maria Antonieta não tinha ninguém a assisti-la, nenhum tutor como Vermond, nenhum embaixador familiar como Mercy, mas mostrou-se inteligente e esperta. No segundo interrogatório, por exemplo, foi submetida a quase dezasseis horas ininterruptas de perguntas – mas não se incriminou em nenhuma ocasião, nem a si própria nem a quem conspirara (ou não) para a libertar.

Maria Antonieta foi particularmente astuta em relação à questão delicada de Luís Carlos. Quando lhe perguntaram se estava interessada nos sucessos militares dos inimigos de França, ela replicou que estava interessada no sucesso da nação a que o seu filho pertencia. E qual era a nação? «Não é a França?», respondeu Maria Antonieta.

A questão do estatuto de Luís Carlos e dos privilégios de que ele teria gozado inerentes ao «título vazio de rei» vieram à tona. Maria Antonieta não se deixou arrastar para esse assunto, dando várias versões da mesma resposta. A antiga rainha queria que a França fosse grande e feliz, nada mais importava. Gostaria pessoalmente que continuasse a existir um rei no trono? Maria Antonieta respondeu que, se a França quisesse um rei, gostaria que esse rei fosse o seu filho, mas que ficaria igualmente feliz se a França quisesse continuar sem um rei.

Maria Antonieta não sabia, mas a reunião crucial sobre o seu destino tivera lugar por ocasião da alegada Conspiração do Cravo e a decisão tinha já sido tomada antes da sua descoberta. A subsequente revelação da conspiração foi uma coincidência – se bem que conveniente. Esta reunião do

Comité de Segurança Pública teve lugar secretamente e durou toda a noite. De madrugada a sentença de morte da rainha estava selada.

O líder na exigência da execução da «Capeto» foi Hébert. O seu argumento era muito simplesmente a necessidade de unir o povo à sua volta num acto de violência comunal, o derramamento de sangue de uma rainha. A morte de Luís «Capeto» tinha sido especificamente obra da Convenção, mas a de Antonieta devia ser uma tarefa da cidade de Paris, do Tribunal Revolucionário e do exército revolucionário. «Prometi a cabeça de Antonieta», trovejou Hébert. «E eu próprio a cortarei se houver mais atrasos. Prometi-o em nome dos *sans-culottes*, que a exigem, e sem os quais», disse ele com ênfase, «vós deixareis de existir.»

Em poucas palavras, a melhor maneira de manter o povo «quente» era conceder-lhe aquele sacrifício. Assim ficou aberto o caminho para que uma Lei dos Suspeitos passasse, segundo a qual todos os inimigos do povo deviam ser imediatamente julgados por um tribunal revolucionário.

O discurso brutal de Hébert contrastava com a simpatia que a situação por que a antiga rainha passava na Conciergerie evocava nos corações mais sensíveis. O Tribunal Revolucionário apercebeu-se da necessidade de conspurcar a sua imagem maternal, substituindo-a por algo tão imoral – mesmo pelos padrões dos panfletos – que a morte de semelhante monstro não pudesse ser posta em questão.

Neste contexto, a informação dada pelo carcereiro de Luís Carlos, Simon, deu a Hébert a oportunidade esperada. Aquele tinha surpreendido o «jovem Capeto» a masturbar-se e tinha-lhe visto um ferimento num dos testículos (a criança, ao brincar com um pau, tinha-se magoado e um dos seus testículos estava inchado). O pobre rapaz foi convencido a confessar que tinha sido abusado sexualmente pela mãe e pela tia. Estas acusações, que ainda por cima envolviam a piedosa solteirona Madame Elisabeth, teriam sido, noutras circunstâncias, consideradas ridículas. Luís Carlos, porém, era um rapaz de oito anos. Queria agora agradar aos seus grosseiros captores, que o mantinham indefeso, oferecendo-lhe bebidas alcoólicas quando necessário, tal como outrora quisera agradar à mãe e ao pai. Assim, a criança recusou retractar-se das acusações, mesmo quando confrontado com a sua irmã. Maria Teresa ficou dividida entre o choque e o ultraje. A jovem princesa não compreendia o que estava a ser sugerido, mas sabia o suficiente para negar furiosamente que o irmão a tivesse tocado «onde não devia tocar» no decurso das suas brincadeiras. Maria Teresa assinou o seu depoimento como «Teresa Capeto». As consequências, para Luís Carlos, foram o corte de relações com a irmã e a tia, relações que nunca mais seriam reatadas. Faltava ver quais seriam as consequências para a mãe, que ele fora obrigado a caluniar.

Maria Antonieta foi sujeita a um interrogatório preliminar e secreto a 12 de Outubro. Duas horas depois de se ter deitado, numa noite tão fria que se vira forçada a pedir em vão um cobertor extra, foi acordada e levada perante o presidente do Tribunal Revolucionário, Armand Martial Herman, um jovem aliado de Robespierre, na presença de Fouquier-Tinville, o acusador público. A ideia, obviamente, era conseguir informações valiosas para o julgamento. De facto, vieram a lume todas as antigas calúnias. A rainha tinha dado dinheiro ao irmão, o imperador, conseguindo-o através de encontros nocturnos com a duquesa de Polignac, e tinha participado na lendária orgia de 1 de Outubro de 1789, no jantar dos guardas reais. Maria Antonieta negou todas as acusações e quando lhe perguntaram se achava que a monarquia era necessária à felicidade da França, respondeu com circunspecção que não lhe competia a si decidir sobre tais coisas; não queria nada para o seu filho desde que a França prosperasse.

A mais significativa troca de palavras aconteceu quando Maria Antonieta foi acusada de ter sido a principal instigadora da «traição de Luís XVI», levando-o a fugir em 1791, e por lhe ter ensinado «a arte da dissimulação». Naturalmente, a rainha refutou ambas as acusações. No fim do interrogatório perguntaram-lhe se queria que lhe nomeassem um advogado. A resposta foi sim, que gostaria. Em seguida, foi conduzida à sua cela.

Luís XVI tinha sido autorizado a conferenciar com os seus advogados durante um período de tempo considerável, «como se eu pudesse ganhar». Este privilégio não foi concedido a Maria Antonieta. De facto, o aparecimento tardio dos seus advogados marcou o primeiro de muitos passos através dos quais a consorte do rei de França foi tratada com muito mais severidade do que o rei.

Os dois advogados concedidos a Maria Antonieta estavam ambos afectos ao tribunal de Paris: Chauveau-Lagarde e Tronson Doucoudray. Chauveau-Lagarde estava na província quando foi chamado e assim não esteve nas Tulherias para inspeccionar os papéis da acusação, para já não falar do auto de acusação de oito páginas, senão no dia seguinte, 13 de Outubro.

A sua primeira tarefa foi persuadir a rainha a escrever ao Tribunal Revolucionário no sentido de conseguir um adiamento para que os documentos pudessem ser devidamente estudados. Maria Antonieta mostrou-se extremamente relutante a fazê-lo, visto que este gesto significava reconhecer a autoridade dos homens que tinham morto Luís XVI, mas finalmente, com um suspiro, a rainha pegou na pena. Dirigindo-se a Herman como «Cidadão Presidente», pediu-lhe três dias de adiamento: «Devo aos meus filhos não omitir nada que seja necessário para justificar a sua mãe.»

A carta não obteve resposta. No dia seguinte, segunda-feira, 14 de Outubro, Maria Antonieta, antes das oito horas da manhã, foi arrancada da sua cela e levada através da prisão à grande câmara onde outrora Luís XVI presidira aos seus *lits de justice* e que passara a ser a sede do Tribunal Revolucionário.

* * *

O aparecimento de Maria Antonieta causou sensação imediata na multidão que enchia a sala. O aspecto da rainha era terrível. Era uma mulher com os cabelos todos brancos, o rosto encovado e a sua extrema palidez devia-se tanto à persistente perda de sangue como às nove semanas de encarceramento na Conciergerie, húmida e pouco ventilada. A sua aparência macilenta contrastava bizarramente com a imagem mental que a maioria dos presentes tinha dela. Maria Antonieta tinha estado, no fim de contas, emparedada durante mais de um ano e nos últimos meses da sua permanência nas Tulherias aventurara-se muito pouco em público com medo de prováveis manifestações de hostilidade. Se não era a loba austríaca, a avestruz com rosto de mulher das caricaturas, então era a resplandecente rainha coberta de diamantes e plumas dos dias gloriosos da corte de Versalhes, mais de quatro anos antes. Como *Le Moniteur* admitiu, «Antonieta Capeto» estava «prodigiosamente mudada».

No entanto, estava perfeitamente tranquila no seu traje de viúva, com o vestido preto remendado por Madame Larivière, e prestou juramento como Maria Antonieta de Lorena e Áustria, viúva do rei de França, nascida em Viena. A antiga soberana disse que tinha «cerca de trinta e oito anos» (de facto estava a duas semanas e meia do seu aniversário). Em seguida, olhou em volta com o que um jornal hostil, *L'Anti-Fédéraliste*, chamou «a serenidade que o crime continuado proporciona», mas que, de facto, era a dignidade natural em público inculcada desde a infância. De vez em quando a rainha percorria o braço da cadeira com os dedos, «como se estivesse a percorrer o teclado do seu piano».

A acusada foi autorizada a sentar-se numa cadeira de braços sobre uma pequena plataforma que a punha à vista de todos, se bem que as mulheres do mercado, por detrás da balaustrada, protestassem furiosamente que a Capeto devia ficar de pé para que todos a vissem como devia ser. O motivo do tribunal para aquela pequena mercê era mais de prudência do que de amabilidade; evitaria que a prisioneira desmaiasse ou entrasse em colapso durante as longas horas de interrogatório, provocando assim uma simpatia desnecessária.

A primeira testemunha das quarenta que seriam chamadas iniciou a tendência que se seguiria. Laurent Lecointre era um antigo negociante de fazendas que tinha sido vice--comandante da Guarda Nacional de Versalhes durante os acontecimentos de Outubro de 1789. No seu longo teste-munho, Lecointre descreveu as festas e as orgias que tinham tido lugar em Versalhes durante um período de dez anos, culminando com o famoso banquete de 1 de Outubro de 1789 – a nenhuma das quais, evidentemente, ele assistira. Contra-interrogada por Herman, Maria Antonieta deu uma série de respostas curtas e não comprometedoras, que seriam também o padrão das suas respostas ao longo do jul-gamento: «Não acredito nisso», «Não me lembro», «Não tenho nada a dizer». Em relação aos encontros nocturnos com «a Polignac», durante os quais tinha sido combinado o envio de dinheiro ao imperador: «Nunca estive presente em tais encontros. A riqueza reunida pelos Polignac devia-se às funções que desempenhavam na corte, que eram pagas.»

Muitas das testemunhas que se seguiram não consegui-ram ir além dos boatos grosseiros ou do ouvir dizer, quando não eram puramente inconsequentes. A alegada descoberta de garrafas de vinho por baixo da cama da rainha depois de esta ter saído das Tulherias a 10 de Agosto de 1792 desti-nava-se, supostamente, a provar que ela tinha obrigado deli-beradamente os Guardas Suíços a beber para provocar o massacre do povo francês. Uma criada chamada Reine Mil-liot relatou uma conversa com o conde (na verdade duque) de Coigny em 1788, ocasião em que ele tinha lamentado o ouro que o imperador estava a receber porque arruinaria a França. A mulher também disse que a rainha tinha planeado matar o duque d'Orleães e tinha sido repreendida pelo rei. Um tal Pierre Joseph Terrasson, empregado do Ministério da Justiça, descreveu como a rainha tinha lançado «um olhar extremamente vingativo» sobre os soldados da Guarda Na-cional que a escoltaram no regresso de Varennes, o que pro-vava, segundo ele, que ela estava decidida a vingar-se.

O testemunho de Hébert foi mais sério. A condição física do «jovem Capeto» tinha-se deteriorado nitidamente e ele sabia qual era a razão: a sua mãe e a sua tia tinham-lhe ensi-nado *pollutions indécentes*. Não restaram dúvidas, pelos pormenores descritos a seguir, de que tinha havido uma rela-ção incestuosa entre mãe e filho.

Em seguida, Hébert salientou a deferência com que o «jovem Capeto» era tratado após a morte do pai, quando passara a sentar-se à cabeceira da mesa e a ser servido em primeiro lugar. «O senhor testemunhou isso?», perguntou Maria Antonieta, não fazendo qualquer comentário em relação à essência do discurso de Hébert. Este concordou que não, mas que todos os oficiais municipais tinham dito que era verdade. Seguiu-se um exame à Conspiração do Cravo e ao papel de Michonis no *complot* e foi no seu decurso que um dos jurados interveio. «Cidadão presidente», disse ele, «chamo a atenção para o facto de a acusada não ter respondido aos acontecimentos relatados pelo cidadão Hébert, relacionados com o que se passou entre ela e o filho.» Assim, Herman fez a pergunta.

Foi um momento dramático, como concordam todos os relatos contemporâneos, por muito hostis que fossem. A compostura gelada de Maria Antonieta abandonou-a. «Se não respondi», disse ela num tom bastante diferente da indiferença polida que usara até então, «foi porque até a própria Natureza se recusa a responder a uma acusação tão infame contra uma mãe.» Os autos do tribunal registaram que a acusada pareceu profundamente comovida. «Apelo a todas as mães presentes», continuou Maria Antonieta. Um estremecimento de simpatia percorreu o tribunal. As inconstantes mulheres do mercado gritaram, ultrajadas, que o processo devia ser interrompido.

«Fiz bem?», perguntou Maria Antonieta a Chauveau-Lagarde em voz baixa. O advogado lisonjeou-a; bastava ser igual a si própria e tudo correria bem. Mas porquê a pergunta? «Porque ouvi uma mulher dizer à vizinha: "Repara como ela é arrogante."» O espírito da rainha perante aquela acusação intolerável tinha sido tomado erradamente por desdém.

Durante o resto do dia e da noite – a sessão durou até às onze horas –, as revelações foram menos espantosas. De facto, a rainha refutou firmemente todas as provas e todas as perguntas que lhe foram feitas. O dia acabou com o interrogatório ao casal Richard sobre a Conspiração do Cravo, mas mais uma vez nenhum dos testemunhos conseguiu provar a intenção de fugir por parte de Maria Antonieta e, mais uma vez, a rainha não admitiu nada.

* * *

A segunda sessão começou às oito horas da manhã do dia seguinte, antes sequer de Rosalie ter tido a oportunidade de levar o pequeno-almoço à rainha, e Maria Antonieta passaria o dia no tribunal sem comer até ao fim da tarde, ocasião em que Rosalie, consciente de que a antiga rainha não tinha comido nada, lhe foi buscar um *bouillon*, mas mesmo então o gesto da criada só parcialmente foi bem-sucedido. Por capricho, a namorada de um dos gendarmes, que queria gabar-se de ter conhecido a antiga rainha, decidiu servi-la ela própria, mas, ao transportar o *bouillon*, entornou metade.

A rainha foi interrogada sobre «a Polignac»: tinha-se correspondido com ela desde a sua detenção? «Não.» Tinha assinado algum documento, autorizando-a a levantar fundos da Lista Civil? «Não.» Foi a vez de Fouquier-Tinville interromper. Não valia a pena negar porque os documentos assinados acabariam por aparecer. Ou antes, como só se tinham extraviado, apareceriam em breve pela mão de uma testemunha que os tinha visto.

Esta testemunha, François Tisset, que tinha vasculhado os papéis da Lista Civil após o saque das Tulherias afirmou que tinha visto a assinatura da rainha em quantias de 80 mil libras, assim como noutros papéis relacionados com grandes somas assinadas pelo rei, pagamentos a Favras, Bouillé e outros. Maria Antonieta sobressaltou-se. Que data tinham os documentos? Um era de 10 de Agosto de 1792, mas do outro não se lembrava, disse Tisset. Era impossível ter assinado fosse o que fosse a 10 de Agosto, replicou desdenhosamente a rainha, porque no seguimento do ataque ao palácio tinha ido às oito da manhã para a Assembleia Nacional.

Algumas das provas eram mais patéticas do que traiçoeiras. Maria Antonieta comentou um pequeno pacote que tinha levado consigo do Templo para a Conciergerie: «Isso são mechas de cabelo dos meus filhos, dos vivos e dos mortos, e do meu marido.» Um papel com algarismos escritos destinava-se a ensinar matemática ao seu filho.

Acerca das despesas do Petit Trianon – que por sinal Maria Antonieta era acusada de ter mandado construir e decorar, se bem que o pavilhão datasse do reinado anterior –, a antiga rainha finalmente cedeu um pouco. «Talvez se tenha gasto mais do que eu desejaria.» Os pagamentos tinham aumentado, pouco a pouco, e ninguém mais do que ela gostaria de compreender como tudo tinha acontecido.

Quanto às alegações de Luís Carlos de que La Fayette tinha estado envolvido na fuga para Varennes: «É extremamente fácil levar uma criança de oito anos a dizer o que queremos», replicou Maria Antonieta, lembrando-se, sem dúvida, das «revelações» incestuosas do dia anterior.

Ao quadragésimo testemunho seguiu-se o interrogatório final da prisioneira, por volta da meia-noite. No fim, perguntaram a Maria Antonieta se tinha mais alguma coisa a dizer em sua defesa. «Ontem não sabia quem eram as testemunhas», respondeu a antiga rainha. «Não sabia o que iriam dizer. Bem, ninguém disse nada de positivo contra mim. Acabo dizendo que era apenas a esposa de Luís XVI e que tive de me submeter à sua vontade.» Foram estas as suas últimas palavras ao tribunal. Maria Antonieta, uma mulher com uma saúde deplorável, estivera no tribunal durante dezasseis horas, apenas com algumas colheres de *bouillon*, e no dia anterior outras quinze. No entanto, as suas palavras resumiam o essencial da questão.

Durante o julgamento, a insistência na «influência demoníaca» de Maria Antonieta sobre o «carácter fraco» de Luís Capeto revelou, mais do que qualquer outra coisa, a irrealidade do caso contra ela. A imagem tradicional de fraqueza feminina, de rainha consorte desprovida de responsabilidades e como tal inimputável de acções contra o Estado, teve de ser substituída pela de uma Messalina poderosa e dominadora. Naturalmente, a rainha negou a fraqueza de Luís: «Ele nunca teve esse carácter.» A acusação, porém, ao insistir no contrário, transferiu inteiramente a culpa do antigo rei para a antiga rainha e como a culpa daquele tinha sido provada em tribunal, logicamente não havia necessidade de provar a desta. O facto de nada, como a própria Maria Antonieta disse, ter sido provado contra ela, era irrelevante.

A acusação e a defesa dirigiram-se durante algum tempo a uma sala de tribunal silenciosa. A prisioneira foi levada para uma antecâmara enquanto o presidente do tribunal chamava os jurados na sua ausência.

A decisão foi rápida. Os seus principais crimes eram os seguintes: entendimento com potências estrangeiras, incluindo os seus irmãos, com príncipes emigrados e generais traidores; o envio de dinheiro para o estrangeiro para os ajudar, e finalmente a conspiração com essas potências contra a segurança do Estado francês, tanto no interior como no estrangeiro. «Se o tribunal quer um testemunho verbal», declarou Herman, «basta que a acusada seja exibida perante o povo francês. Porém, se quer provas materiais, tem-nas nos papéis confiscados a Luís Capeto e que estão na posse da Convenção.» Estes papéis, porém, nunca foram apresentados.

Na ignorância do que estava a ser dito e na ignorância da ordem secreta dada à Convenção por Hébert – «Quero a cabeça da rainha» –, Maria Antonieta confiava na falta de provas demonstrada por aquela encenação; estava convencida de que seria expulsa do país por falta de provas; não sabia o que era a justiça revolucionária ou um pseudojulgamento com um veredicto predeterminado. Quando regressou à sala foi-lhe dado o veredicto do júri para a mão e foi-lhe dito para o ler. Era considerada culpada de todas as acusações. Então, o procurador pediu a pena de morte, que lhe foi concedida.

Quando lhe perguntaram se tinha alguma coisa a dizer, Maria Antonieta limitou-se a abanar a cabeça. Segundo Chauveau-Lagarde, foi um acto de coragem não admitir, por um momento sequer, o choque que tinha sentido. A sua cabeça – a condenada cabeça de Antonieta – manteve-se majestosamente direita num gesto de dignidade (ou desdém) ao passar pelo local onde estava a assistência. Para os seus simpatizantes, a antiga rainha parecia estar numa espécie de transe, não via nem ouvia nada do que a rodeava e teve de ser amparada no regresso à cela para não cair no pátio. Passava das quatro horas da manhã e a madrugada estava terrivelmente fria.

Maria Antonieta foi então oficialmente autorizada a receber materiais de escrita. Usou-os para dirigir «uma última carta» a Madame Elisabeth:

Acabo de ser condenada à morte, não a uma morte vergonhosa, destinada apenas a criminosos, mas sim a uma morte que me permitirá ir para junto do vosso irmão. Inocente como ele, espero demonstrar a mesma firmeza. Sinto-me tranquila, como qualquer pessoa com a consciência tranquila. O meu maior desgosto é ter de abandonar as nossas pobres crianças. Sabeis que só continuei a viver para elas e para vós, minha boa e terna irmã.

Acreditando (erradamente) que Maria Teresa tinha sido separada da tia, Maria Antonieta atreveu-se apenas a dar-lhe a sua bênção. Havia instruções para ambos os filhos para que olhassem um pelo outro e para a mais velha em particular para que olhasse pelo mais novo. Quanto a Luís Carlos: «Que o meu filho não se esqueça das últimas palavras de seu pai… nunca tentar vingar as nossas mortes.» A rainha abordou então a angustiante questão das acusações do rapaz. «Sei o desgosto que esta criança vos deve ter dado. Perdoai-lhe, minha querida irmã; pensai na sua idade e de como é fácil uma criança dizer o que queremos, mesmo coisas que não compreende.»

Na questão da religião, Maria Antonieta declarou que morreria na fé católica, apostólica e romana dos seus antepassados, na qual tinha sido criada e que sempre tinha professado. Na prisão não podia esperar por qualquer consolo espiritual, nem sequer sabia se havia verdadeiros padres – quer dizer, refractários – encarcerados. De qualquer maneira, não queria de modo algum expô-los ao perigo.

«Peço perdão a Deus por todos os pecados que cometi», continuava a rainha, pedindo também perdão a todos os que conhecia, especialmente a Madame Elisabeth, por qualquer dor involuntária que lhes tivesse provocado – a mesma fórmula cristã empregada por Luís XVI. «Despeço-me das minhas tias, dos meus irmãos e irmãs. Tive amigos: a ideia de me separar deles para sempre, e os sofrimentos que para eles daí resultarão, é um dos maiores desgostos que levo comigo. Gostaria que soubessem que pensarei neles no momento final.»

«*Adieu*, minha boa e terna irmã; assim esta carta possa chegar às vossas mãos! Pensai sempre em mim; abraço-vos com todo o meu coração, assim como aos meus pobres e adorados filhos. Meu Deus, parte-se-me o coração ao deixá-los para sempre. *Adieu, adieu*, agora só penso nos meus deveres espirituais… Podem trazer-me um padre (juramentado), mas declaro solenemente que o tratarei como um perfeito estranho.»

Na verdade foi-lhe imposto o juramentado abade Girard, mas a rainha cumpriu a promessa. No entanto, a ausência de um padre refractário enfatizava a diferença de tratamento dado a Luís XVI e Maria Antonieta no final. Luís Capeto tinha sido autorizado a trabalhar com os seus advogados durante dias, ao passo que Maria Antonieta teve apenas algumas horas. O antigo rei teve consigo o seu fiel criado e velho amigo Cléry até ao momento em que saiu do Templo. Quase tão doloroso para Maria Antonieta foi o facto de o soberano ter podido despedir-se dos filhos e ter tido a assistência de um padre refractário, o abade Edgeworth, não só na noite anterior mas até ao último momento no cadafalso. Foi este, segundo testemunhos populares, que disse a Luís XVI no fim: «Filho de São Luís, sobe ao céu.» Maria Antonieta não teria a consolação de tais palavras.

A rainha teve apenas a companhia de Rosalie Lamorlière, que foi timidamente ter com ela às sete horas da manhã. A jovem criada encontrou Maria Antonieta deitada na cama com o vestido preto, com os olhos virados para a janela gradeada e com a mão no peito. Havia duas velas acesas e a um canto velavam os eternos gendarmes, atentos. Às oito horas a rainha vestiu-se. Antonieta Capeto não foi autorizada a usar o preto familiar porque a multidão poderia insultar a demoníaca sedutora por se atrever a usar um luto decente. Assim, teve de usar o vestido branco de todos os dias; ninguém se lembrou de que, no passado, o branco tinha sido a cor de luto das rainhas de França.

Foi Rosalie que testemunhou uma das últimas humilhações sofridas por Maria Antonieta, ao contrário de Luís Capeto, cujo processo teve alguma dignidade. A rainha foi obrigada a vestir-se perante o olhar perscrutador dos gendarmes. Quando se tentou despir num pequeno nicho entre a parede e a cama, fazendo sinal a Rosalie para que a tapasse, um dos homens deu a volta e pôs-se a olhar para ela. Passando o *fichu* pelos ombros, a antiga rainha pediu-lhe: «Monsieur, em nome da decência, deixai-me mudar de camisa em privado.» O gendarme respondeu bruscamente que tinha ordens para não tirar os olhos da prisioneira. A rainha suspirou e vestiu-se o mais discretamente possível. Ao vestido branco, Maria Antonieta acrescentou uma touca de linho preguada. Com duas fitas que tirou de uma caixa, juntamente com um pouco de crepe negro, transformou-a numa espécie de touca de viúva. Em relação ao resto do traje, teve de se contentar com o que tinha: meias pretas de seda e sapatos cor de ameixa.

A humilhação continuou quando Charles Henri Sanson, o quarto da sua geração a exercer a função de carrasco, lhe cortou o cabelo com a sua enorme tesoura e agravou-se quando disseram à antiga rainha que teria as mãos amarradas. «Não ataram as mãos a Luís XVI», protestou Maria Antonieta. Mas ataram-lhas e com tanta força que os seus braços ficaram puxados para trás. A humilhação seguinte aconteceu quando a rainha se sentiu desfalecer de fraqueza. Maria Antonieta pediu que a desamarrassem para se poder acocorar a um canto, o que lhe foi concedido com maus modos. Recomposta, a antiga soberana limitou-se a estender os pulsos para que lhos voltassem a amarrar.

O cortejo que se iniciou às onze horas fazia parte do ritual de crueldade. A antiga rainha foi instalada numa carroça em vez de numa carruagem, puxada por dois cavalos possantes conhecidos como *rosinantes*. Quando Maria Antonieta, instintivamente, se instalou na parte de trás – a sua posição nas magníficas carruagens de Versalhes –, foi rudemente repreendida e mandada sentar atrás dos cavalos. Um solavanco quase a fez cair e um dos gendarmes disse com satisfação: «Aqui não tens nenhuma das tuas bonitas almofadas do Trianon.»

O dia estava bonito, ligeiramente enevoado, e o penetrante frio nocturno tinha desaparecido. A multidão que se acumulava ao longo do caminho para a guilhotina na Place du Carrousel ouvia os gritos da escolta: «Abram caminho para a austríaca!» e «Viva a República!» O actor Grammont, a cavalo à frente do cortejo, pôs-se de pé nos estribos e agitou a espada, gritando: «Aqui vai ela, a infame Antonieta. Está *foutue*, meus amigos!» Na sua maioria, a multidão ouvia os gritos com satisfação. O pintor David, ao ver a austríaca de uma janela, desenhou-a na sua viagem final para ilustrar de uma vez por todas o desprezo da arquiduquesa Habsburgo, com a sua expressão de arrogância e o seu lábio saliente.

O esboço de David, feito à medida que a prisioneira ia passando, pode ser interpretado como uma imagem final de desdém ou de dignidade inalterável, dependendo do ponto de vista. Todos os relatos, todos os testemunhos concordam na inatingível compostura com que Maria Antonieta caminhou para a morte. «Audaciosa e insolente até ao fim», escreveu o *Le Père Duchesne* de Hébert, enquanto o *Le Moniteur* admitia mais prosaicamente que ela tinha mostrado «coragem».

Virieu, o embaixador de Parma (onde a irmã da rainha, Amélia, era a duquesa reinante), descreveu-a de outro modo: «Maria Antonieta não renegou uma única vez a sua grande alma ou o ilustre sangue da Casa de Áustria.»

Quando a carroça chegou à Place du Carrousel, já ela estava suficientemente senhora de si para descer com facilidade. Com passos leves – «com bravata» –, subiu os degraus do cadafalso apesar das mãos atadas atrás das costas, fazendo apenas uma pausa para pedir desculpa a Sanson por lhe ter pisado um pé – «não fiz de propósito». Foi assim que avançou para a morte, com determinação, com impaciência mesmo. E por que não? A tortura estava quase a acabar.

«Chegou o momento, Madame, de vos armardes de coragem», disse o juramentado abade Girard, insistente, apesar da recusa firme da antiga rainha. «Coragem!», exclamou Maria Antonieta. «Não é neste momento em que os meus tormentos vão acabar que a coragem me vai faltar.»

Assim, a cabeça de Antonieta, desejada por Hébert, foi cortada ao meio-dia e quinze minutos do dia 16 de Outubro de 1793, uma quarta-feira, e exibida perante um público jubiloso. Um homem excitado, que se meteu por baixo do cadafalso para tentar ensopar o seu lenço no sangue real, foi rapidamente afastado pelos gendarmes.

A viagem – que começara num palácio imperial, em Viena, e que acabara numa esquálida cela em Paris – estava completa. O corpo de Maria Antonieta com a cabeça cortada foi levado sem qualquer cerimónia para o cemitério da Rue d'Anjou, onde Luís XVI tinha sido enterrado nove meses e meio antes. Primeiro, porém, os coveiros almoçaram, deixando o corpo e a cabeça à espera em cima da relva. A futura Madame Tussaud pôde assim modelar em cera a cabeça sem vida da rainha.

A reacção em França à morte da antiga rainha foi entusiástica. Foram recebidas no Tribunal Revolucionário numerosas mensagens de congratulações mais ou menos nestes termos: «Caiu, finalmente, a cabeça da arrogante austríaca, saciada com o sangue do povo…»; «a execrável cabeça da Messalina Maria Antonieta…»; «Eis caído o segundo monstro real…»; «O solo de França está purgado do pestilento casal…»

Maria Teresa, então sozinha na prisão, vivia na ignorância, triste, abandonada e esquecida. A jovem não voltou a ver o irmão antes da morte deste, a 8 de Junho de 1795, aos dez anos de idade. Provavelmente, a causa foi a mesma tuberculose que matou o primeiro delfim, neste caso agravada pelas condições que eram, na melhor das hipóteses, negligenciáveis, e na pior, brutais. O anúncio da morte do príncipe fez com que o conde de Provença, no exílio, reclamasse, finalmente, o título de rei de França. Como Luís XVIII, ascendeu a um trono, como ele escreveu, «manchado com o sangue da minha família».

As negociações para a libertação de Maria Teresa por troca com prisioneiros revolucionários na Áustria teve um bom epílogo em Dezembro de 1795, quando ela tinha dezassete anos. Seguiu-se uma breve disputa entre os Habsburgos e os Bourbons para encontrar um noivo adequado, entre os seus primos direitos, para a única descendente viva do rei martirizado e Maria Teresa tornou-se duquesa d'Angoulême.

Quando Maria Teresa regressou a França após a restauração, foi acompanhada à campa dos seus pais por Pauline de Tourzel, então condessa de Béarn. Eram sete horas da manhã; a duquesa d'Angoulême estava discretamente vestida e tinha a cabeça coberta por um véu. As senhoras foram escoltadas por Pierre Louis Desclozeaux, um velho advogado que vivia no número 48 da Rue d'Anjou com o genro; o homem lembrava-se dos dois enterros e tinha, posteriormente, tratado das sepulturas. Ao ser-lhe mostrado o local, Maria Teresa estremeceu, caiu de joelhos e rezou pela felicidade de França – a mesma oração saída tantas vezes dos lábios dos seus pais.

O testemunho de Desclozeaux foi importante aquando da exumação das duas ossadas reais a 18 de Janeiro de 1815. Os restos mortais do rei e da rainha estiveram por um breve período de tempo na casa da Rue d'Anjou e, depois das respectivas orações pelo seu eterno descanso, foram selados nos seus novos caixões com inscrições apropriadas à majestade e títulos dos seus ocupantes. No dia 21 de Janeiro de 1815, vigésimo segundo aniversário da execução de Luís XVI, seguiram em procissão para a Catedral de Saint-Denis.

* * *

Indubitavelmente, é a morte de Maria Antonieta que projecta um brilho de nobreza sobre a história da sua vida. Alguns dos seus admiradores compreenderam-no desde o início, como Horace Walpole, que a considerou «a verdadeira deusa» de Virgílio. Walpole reflectiu «friamente» durante três dias antes de escrever: «Não, *já não* sinto dor, apenas admiração e entusiasmo!» Os últimos dias «dessa princesa sem igual», sem um amigo sequer para a confortar, eram tão superiores a qualquer morte conhecida ou documentada, que ele não conseguiria ressuscitá-la, mesmo que quisesse – a não ser, claro, que ela pudesse regressar a uma vida feliz com os seus filhos. «Que a História, ou a lenda, apresentem um modelo semelhante.»

Lembremo-nos, porém, de que esta constância não foi uma virtude que Maria Antonieta exibisse apenas numa ocasião única em Outubro de 1793. Pelo contrário, a rainha enfrentou uma série impressionante de ataques violentos, terríveis mesmo, entre 5 de Outubro de 1789 e a sua morte, quatro anos mais tarde; a ruidosa invasão de Versalhes e os acontecimentos nas Tulherias a 20 de Junho, quando teve de se esconder, e os mais horríveis ainda, a 10 de Agosto, seguidos pelas ameaças à sua pessoa na Torre durante os Massacres de Setembro, com a multidão a exibir a cabeça da princesa de Lamballe e a exigir também «a cabeça de Antonieta». Estes foram os episódios mais salientes, fazendo esquecer outras ocorrências que foram apenas profundamente desagradáveis, como o ajuntamento em redor das carruagens a caminho de Saint Cloud e a lenta tortura do regresso de Varennes, para não falar das ameaças grosseiras e muitas vezes maníacas à sua pessoa que tinha de ouvir praticamente todos os dias – com a esperança, mas não com a absoluta certeza, de que não passavam de palavras vazias de sentido.

Maria Antonieta sentiu um medo extremo em todas estas ocasiões, como sabemos pelos seus bilhetes privados, para além do pavor pela segurança dos filhos (e marido). No entanto, em nenhuma ocasião exibiu publicamente a sua angústia; a sua compostura era tão sublime que os seus inimigos a interpretavam como desprezo. Uma coragem assim não podia surgir do nada nem podia ser simplesmente herdada, com o devido respeito pelos que, superficialmente, atribuem a bravura de Maria Antonieta ao facto de ser filha da Grande Maria Teresa. A imperatriz da Áustria morreu na cama aos sessenta e três anos, rodeada pela família e pelos seus súbditos, ao contrário da rainha de França, que teve um destino bem solitário, bem diferente.

Uma morte, porém, por mais nobre que seja, não mostra tudo. As últimas semanas de vida de Maria Antonieta também nos chamam a atenção para a inteligência notável com que ela enfrentou os seus acusadores. A sua amiga Georgiana, duquesa de Devonshire, numa carta escrita à sua mãe duas semanas depois da morte da rainha, dizia: «as suas respostas, a sua inteligência e a sua nobreza de espírito» resplandeciam duplamente devido às circunstâncias. O «horror de fazerem com que o filho se voltasse contra ela é algo de que não esperaríamos o espírito humano capaz», acrescentou a duquesa. No entanto, foi esta terrível acusação que deu à rainha a oportunidade de uma resposta soberba: «Há alguma mãe entre vós...» Esta inteligência instintiva, que confundiu todos aqueles que se referiam rotineiramente a ela como «insípida» e «cabeça-de-vento», leva-nos a uma pergunta crucial. Apesar de o seu julgamento ter sido uma farsa, apesar de ter sido desumanamente tratada, não terá Maria Antonieta contribuído para a sua própria queda?

Num certo sentido, Maria Antonieta foi uma vítima desde o seu nascimento, quer dizer, foi vítima das alianças matrimoniais da sua mãe e foi excepcionalmente desafortunada por ter sido despachada para França para cimentar um tratado Habsburgo-Bourbon que invertia as alianças tradicionais. Este tratado teve apenas interesse para os grandes que nele se envolveram, não atingindo nem os corações nem os espíritos da corte francesa. De facto, Maria Antonieta já era *l'Autrichienne* muito antes de ter chegado a França.

Como delfina e jovem rainha, esta rapariga inadequadamente educada foi designada pela sua família para defender os interesses da Áustria. Houve muitas queixas ao longo dos anos de que ela não o fez. Ao mesmo tempo, Maria Antonieta era suspeita, por parte dos Franceses, de exercer exactamente a espécie de influência de alcova de que os Austríacos a culpavam de negligenciar. Logo que ela perdeu valor político, a Áustria mostrou pouca simpatia pela sua situação, especialmente após a morte de José II, que, pelo menos, a tinha amado.

A atitude dos Austríacos em relação a Maria Antonieta nos últimos anos de vida da rainha foi fria, onde a dos Franceses foi brutal; os dois países comportaram-se de acordo com as exigências da sua própria situação, não da dela. Isto prolongou-se até Outubro de 1793. As rainhas, geralmente, não eram mortas, eram encarceradas, banidas, mas mortas? No entanto, na Convenção Nacional, Hébert pediu a cabeça de Antonieta para unir todos em redor do seu sangue. Tal como o seu casamento, a morte de Maria Antonieta foi uma decisão política.

A ironia final de tudo isto é que Maria Antonieta não era um animal político. Deixada a si própria, teria continuado com o seu papel de rainha consorte de maneira apolítica e elegante, concentrando-se no cuidado dos seus filhos e nas suas funções como adereço da corte. O esgotamento efectivo de Luís XVI em 1787, e outros que se lhe seguiram periodicamente, levaram-na a assumir o controlo para evitar o descalabro, mas é evidente que o fez com muito receio, apesar de surpreendida consigo própria pela sua energia e pela sua diligência.

Quanto à simplicidade que Maria Antonieta preferia, também isso marcava simplesmente a transição das grandes cortes barrocas do passado para o século dezanove, uma era de dimensão fortemente doméstica. Ironicamente, a rainha, tantas vezes vista como a encarnação do *ancien régime* em todo o seu esplendor ridículo e pomposo, não gostava desse estilo. Não era o Petit Trianon que estava a ficar fora de moda, era a corte de Versalhes.

Isto não quer dizer que Maria Antonieta – esmagada como estava entre a Áustria e a França, censurada por mudanças que eram provocadas pela passagem do tempo – não tivesse pecados. Maria Antonieta era uma inquestionável amante do prazer e na perseguição desse prazer foi extravagante. O facto de a família real francesa, no seu todo, ser pródiga nos seus gastos, o que explica a atmosfera em que Maria

Antonieta vivia, não a isenta de culpas. No entanto, devemos acrescentar em sua defesa não só a beleza que criou à sua volta, mas também o gosto genuíno pelas artes, especialmente a música em todas as suas formas, o que fez dela uma protectora generosa.

Há ainda a questão de a sua frivolidade ser o resultado de uma situação extremamente infeliz e humilhante durante os primeiros sete anos e meio do seu casamento. Luís XVI, um carácter fraco, indeciso mas nunca malevolente, também desenvolveu um sentimento de culpa em relação à sua mulher. O rei expressou-lhe o seu desespero, lavado em lágrimas: «Madame, viestes vós da Áustria para isto!»

Uma acusação frequente feita a «Antonieta» era que ela se banhava no sangue do povo francês. A verdade é que, de facto, foi exactamente o contrário.

Na realidade, Maria Antonieta tornou-se o bode expiatório. Entre outras coisas, foi culpada pela Revolução Francesa por aqueles que, de forma optimista, viam na «culpa» individual um modo de explicar os complexos horrores do passado. Este ponto de vista foi resumido por Thomas Jefferson, que escreveu na sua autobiografia que, se a rainha tivesse sido fechada num convento, a Revolução nunca teria acontecido, uma maneira espantosamente draconiana de esquecer a necessidade desesperada de reformas na sociedade francesa e no governo.

Dado que é evidentemente uma necessidade primitiva culpar um indivíduo quando as coisas não correm bem, que melhor bode expiatório numa monarquia em crise do que uma princesa estrangeira? Lá estava ela, uma estrangeira subversiva, na cama do rei, corrompendo com o seu sangue a dinastia… Em França, o ódio concentrado em Maria Antonieta, a austríaca, permitiu que a maior parte da população continuasse a reverenciar o rei. Um visitante dos Estados Unidos republicanos disse que muitos parisienses sentiram uma espécie de dor quando o rei foi executado, «como se de um parente próximo se tratasse».

Comparada com esta imagem horrível de uma esposa estrangeira, demoníaca, manipuladora, a verdadeira natureza de Maria Antonieta torna-se uma mera sombra. Tendo percorrido a viagem extraordinária que foi a sua vida, somos levados a concluir que as suas fraquezas, se bem que evidentes, eram pouco relevantes em comparação com o seu infortúnio. O azar perseguiu-a mal pôs os pés em França, embaixatriz indesejada e inadequada de uma grande potência, esposa-menina rejeitada até ao fim, até se tornar o bode expiatório de uma monarquia em decadência.

Deixemos à rainha a última palavra. «Meu Deus», escreveu ela em Outubro de 1790, «se cometemos pecados, certamente que já os expiámos.»

Colecção BIS
Obras publicadas

António Lobo Antunes, *Os Cus de Judas*
Almeida Faria, *A Paixão*
José Eduardo Agualusa, *A Conjura*
Mia Couto, *Terra Sonâmbula*
Manuel Alegre, *Alma*
Chico Buarque, *Budapeste*
Marguerite Yourcenar, *A Salvação de Wang-Fô, e outros contos orientais*
Wilhelm Reich, *Escuta, Zé Ninguém!*
João Aguiar, *Inês de Portugal*
Camilo Castelo Branco, *Amor de Perdição*
Padre António Vieira, *Sermões*
Miguel Torga, *Bichos*
Miguel Torga, *Novos Contos da Montanha*
Lev Tolstoi, *A Morte de Ivan Ilitch*
Alphonse Daudet, *Sapho*
José Saramago, *As Intermitências da Morte*
Lídia Jorge, *O Vale da Paixão*
Pepetela, *A Montanha da Água Lilás*
Ondjaki, *Os da Minha Rua*
Edgar Allan Poe, *Histórias Extraordinárias*
António Nobre, *Só*
Mário Cláudio, *Amadeo*
Jorge Luis Borges, *História Universal da Infâmia*
Manuel da Fonseca, *Aldeia Nova*
Lewis Carrol, *Alice no País das Maravilhas*
Florbela Espanca, *Contos e Diário*
Jorge Amado, *Capitães da Areia*

Germano Almeida, *O Testamento do Senhor Napumoceno da Silva Araújo*

José Gomes Ferreira, *Aventuras de João sem Medo*

Mário de Sá-Carneiro, *Confissão de Lúcio*

Cardoso Pires, *O Anjo Ancorado*

Inês Pedrosa, *Nas Tuas Mãos*

Mário de Carvalho, *A Inaudita Guerra da Avenida Gago Coutinho*

Rodrigo Guedes de Carvalho, *Daqui a nada*

Daniel Defoe, *As Aventuras de Robinson Crusoe*

Raul Brandão, *A Morte do Palhaço e o Mistério da Árvore*

Conan Doyle, *Aventuras de Sherlock Holmes*

Mary Shelly, *Frankenstein*

Franz Kafka, *O Processo*

Adolfo Coelho, *Contos Populares Portugueses*

Alves Redol, *Gaibéus*

Vinicius de Moraes, *O Operário em Construção*

Helena Marques, *O Último Cais*

Eça de Queirós, *A Cidade e as Serra*

Truman Capote, *Travessia de Verão*